在平静与爱中持续耕耘。

愿你的眼中有万丈光芒，
努力活成自己想要的模样。

不要轻视你的知识，它将决定你的人生。

时间用在哪里，掌声就在哪里。

成长，意味着我们有了更多的责任担当，
也会有更多的酸甜苦辣要尝，但是也会有更多不一样的幸福体验。

只有在生活中认真保持"平衡"的人，
才能过上理想的生活。

人生最好的状态:有奋斗的当下,
也有触手可及的远方。

无论是婚姻生活,还是与客户的关系,
我们一定要找到同频的人滋养自己。

自信就是相信努力,
相信坚持;
自信就是相信付出,
相信给予;
自信就是相信成长,
相信改变。

追光的人,
必定光芒万丈。

让热爱的一切梦想成真

李菁 著

中国纺织出版社有限公司

内 容 提 要

从平凡普通的小镇姑娘，到成为带领无数女性实现理想人生的创业者，李菁用了18年。这些年，她一直努力追梦，步履不停。

李菁用真挚的文字分享了这些年她接纳自己、找到自己、突破自己，最终拥有理想生活的人生历程与深度思考。她用亲身经历告诉我们，只要无所畏惧做自己，朝着梦想锲而不舍地努力，就会拥有独一无二的绽放人生。

图书在版编目（CIP）数据

让热爱的一切梦想成真 / 李菁著. -- 北京：中国纺织出版社有限公司，2023.12（2023.12重印）

ISBN 978-7-5229-1128-1

Ⅰ.①让… Ⅱ.①李… Ⅲ.①散文集－中国－当代 Ⅳ.①I267

中国国家版本馆CIP数据核字（2023）第194707号

责任编辑：刘 丹　　责任校对：王蕙莹　　责任印制：储志伟

中国纺织出版社有限公司出版发行
地址：北京市朝阳区百子湾东里A407号楼　邮政编码：100124
销售电话：010—67004422　传真：010—87155801
http://www.c-textilep.com
中国纺织出版社天猫旗舰店
官方微博 http://weibo.com/2119887771
天津千鹤文化传播有限公司印刷　各地新华书店经销
2023年12月第1版　2023年12月第3次印刷
开本：880×1230　1/32　印张：7
字数：135千字　定价：58.00元

凡购本书，如有缺页、倒页、脱页，由本社图书营销中心调换

推荐序 1
愿你如她，早日过上内外富足的生活

得知李菁要出新书了，我非常高兴。

李菁是我们社群的杰出榜样，为我们社群的发展作出了巨大贡献，我很感谢她。

她与爱人旅行办公，不仅能充分感受这个世界的美好，还实现了财富与影响力的双丰收。

一路上，她帮助了很多人。

可以毫不夸张地说，她是这个时代的传奇人物。

她家境普通，成长路上困难重重，但她选择勇往直前、持续突破，并在这个过程中积累了丰富的经验和智慧。

她多年笔耕不辍，擅长驾驭文字。

她写的书有美感、有方法、有力量。

若你想要加速成长，我推荐你读这本书。

若你想要赚得更多，我推荐你读这本书。

若你想要活得更好，我推荐你读这本书。

最后，祝拿到本书的你早日过上内外富足的生活。

个人品牌顾问、《一年顶十年》作者　**剽悍一只猫**

推荐序 2
活出精彩的自己

受我特别喜欢的一个访谈类节目《圆桌派》的启发,我在私董会发起了"商业圆桌派密训",没想到深受大家的喜爱。

李菁是其中一位嘉宾,那一期的主题是:让热爱的一切梦想成真。

我们每一次的对谈都会有访谈大纲,但这一次和以往不同,我们选择了自由访谈,李菁也欣然接受了这个挑战。

和我的预期一样,这一次的交流特别精彩。

我忍不住感叹:李菁是如此美妙的人儿,她站在那里,说着最温柔的话,做着最具挑战性的事情,活出了令人无比羡慕的人生。

这才是有大智慧的人,温柔如水、百炼成钢。

她既有如水的智慧,能包容来到身边的每一位姑娘;她又如此坚毅,人生路上遇到的任何困难,都没有打败她!

在那一次的访谈中,我第一次听李菁分享她探索人生的完整故事,从平凡的普通小镇姑娘,到成功带领无数女性实现理想人生,她用了 18 年的时间。

她心怀梦想,精业笃行。

2021 年的盛夏,我带领团队乘坐五六小时的高铁,又坐了两小时的汽车来到了李菁所在的湘西古镇。

一走进李菁的民宿"遇见美宿",我们就被这极具诗意、高端雅致的新中式装修风格深深吸引。每一间房都拥有一个很美的名字，走廊上还挂有许多李菁的摄影作品。

那一次我们进行了很深入的交流，我鼓励她把自己的故事和商业智慧分享出去，帮助更多和我们一样心怀梦想的女性，敢于做梦，去追求自己热爱的事业和美好的人生。

李菁在小镇过着诗意般生活的同时，也会经常旅居全国各地与各路达人深度链接。她通过打造个人品牌、深度赋能来自全球各地的学员，实现年营收倍增的同时带领无数女性走向美好的人生坦途。

我特别想对李菁的学生说：你们是多么幸运，能够结缘如此美好的老师。

正在看这本书的你也是如此，李菁的这本书，如果你有幸翻开，一定要从头到尾好好读完。最好是约上三五知己，在阳光细碎的午后，一边品茶一边细心阅读，再来一个读后感交流会，我能想象，读过这本书的姑娘一定是：心里有力量，眼里有光彩。

你会被李菁和她的人生经历深深触动，这一切会成为你接下来的人生里非常重要的力量源泉之一。

张丹茹

2023 年 8 月 10 日写于深圳

Preface | 自序
一个小镇姑娘的逆袭蜕变之旅

真正的伟大，不在于对职业的追逐，而在于对使命的追寻。

亲爱的朋友，你好呀，我是李菁。

在不同人眼中，我有着不同的身份和光环：

治愈系畅销书作家：已经出版《见素》《当茉遇见莉》《你的人生终将闪耀》《向美而生》《守住：活出最好的自己》5本书籍，其中《你的人生终将闪耀》曾获得"沈从文文学奖"。

知名摄影美学导师：累计为100名女性拍摄过写真，给知名作家雪小禅老师拍摄过书籍封面，开设了16期手机摄影美学课，影响5000多名学员爱上摄影。

网红民宿女主人：放弃大城市大学老师的光鲜工作，逆行回到故乡——湘西泸溪县浦市古镇，打造网红民宿"遇见美宿"，利用自媒体、民宿和书籍为家乡的旅游业作出贡献，荣获"泸溪县劳动模范"荣誉称号。

女性个人品牌商业顾问：创办女性线上赋能学习平台"菁凌研习社"，被称为知识付费圈的"李子柒"，帮助1万+女性实现价值变现，找到理想的生活状态。

自媒体达人：日更公众号"遇见李菁"，9年积累6.3万粉丝。视频号"遇见李菁"3.7万粉丝，创作多条100万+、10万+浏览量的爆款短视频，积累8万微信好友……

这些"光环"，是我在过去三十几年的人生路上，通过努力拥有的成功果实。

左手文艺，右手商业；理性工作，感性生活。不再追逐职业，而是追寻使命！

人生海海，回首过往，凝视挂在时间画廊里的自我肖像，我知足而感恩。这条漫长的"追寻"路上，所经历的跌宕起伏，在今天都变成了我心中植根生长的爱与慈悲。

当你翻开这本书，便拥有了通往我过往岁月和未来梦想的钥匙。希望它会陪伴你打开一扇窗，领略更为宽广的世界，找到更为真实的自己。

知识改变我的命运，拥有一份"金饭碗"

这个世界大部分人都是普通人，我也不例外。

我出生在湖南湘西的一个偏远小镇，父母都是普通职工。

从小我就很羡慕我的发小，羡慕她优渥的家庭环境，羡慕她去过首都北京，羡慕她登上了万里长城，羡慕她有数不完的玩具……

后来我的发小告诉我，其实她从小也特别羡慕我，羡慕我有从不吵架、对我很温柔的父母。

虽然我们家生活条件一般，但是爸爸妈妈非常疼爱我，他们给了我最好的一切。爸爸有一个很大的书房，为年幼的我创造了优越的阅读环境。妈妈有一个种满繁花的院子，她对我的爱也像栀子花的清香般，轻柔绵长，满溢在心间。

我是一个在爱里成长起来的女孩，所以我有了更多改变命运的力量。我告诉自己，我要好好读书，走出大山，创造更精

彩的人生，也要让父母过上更好的生活。

上学期间，我偏科严重，不擅长数学，好在 17 岁那年，我选择了美术特长生的道路。

我至今仍记得自己在日记本上写的那句话："虽然我不是最好的那一个，但是我可以做最努力的那一个。"后来这句话也成了我的座右铭，给我的人生带来了巨大力量。

高二那年，我作为美术特长生，跟伙伴们一起去长沙学习画画。第一次坐上火车，第一次到大城市，第一次看到高楼大厦，吃到人生的第一个汉堡。

这些光鲜亮丽的生活虽然近在咫尺，但是实际上离我很远很远。在那个如梦的年纪，大城市对我有一种极强的吸引力，我渴望有一天能够拥有闪亮人生。

于是，我更加勤奋刻苦、废寝忘食，每天全身心地投入画画，仔仔细细地观察静物的纹理细节，一笔一画去描绘。

我把未来寄托在绘画上，每天画到凌晨 3 点。那段时间，我见过最漆黑的夜，走过最寂静的道路，也有过房东不愿给晚归的我开门的遭遇。就这样，我成了一个为梦想拼尽全力的"女斗士"。

那时我并不知道什么是心流，可是心流在那时就已经找到了我。功夫不负有心人，最终我考上了一所二本院校——四川文理学院，是当年我们小镇普通班里唯一一个考上二本院校的应届生。第一次尝到靠知识改变命运的甜头，我知道，自己播下的种子开花了。

本科四年，嗜书如命的我，始终满足不了旺盛的求知欲。

听说读研究生可以有 3 年时间继续学习,"3 年"这个词击中了我的心。那一刻,不甘平庸的我,再次唤醒内在的能量,那就是继续努力,去看更大的世界。

我的想法是:用 1 年的拼搏再换 3 年自由读书的时间,多一些时间实现写作梦。没错,我需要的不是研究生文凭,而是珍贵的 3 年光阴。

于是,考研又成了我当时唯一的选择。我收起所有文学书,用一年时间全力备考。那一年,我激发出身体里前所未有的能量,只奔着一个目标努力。

汗水浇灌出幸福花朵,最终我考上了陕西西安一所一本院校,走向了离家乡更远更大的城市,继续求学追梦。

拖着爸爸妈妈为我精心准备的行李,我像一棵倔强的卷柏,来到历史名城西安,随即落地生根。在这座城市里,我感到陌生又安心,梦想的实现让我持续拥有能量,一头扎进研究生的生活。

我研究生读的是艺术设计专业,由于热爱文学,在读研期间,我就开始大量积累文稿。

码字的人都知道,每一篇文章都是作者的心血,对写出的每一个文字都尤为疼惜。那时候我常常会写文章到深夜。宿舍里,室友们都已睡熟,书桌的那盏灯投射下光芒,而我不停地敲打键盘。桌上的那盏灯照亮了我的电脑,心里的那盏灯照亮了我的作家梦,研究生没毕业,我便出版了人生的第一本书《见素》。

很多人曾问我:"如何在 24 岁就出版了人生第一本书?"

我的答案很坚定："因为十年如一日的坚持。"

实现了作家梦，我则希望能够在研究生毕业后继续自由写作。但当母亲对我说，如果有一天你写不出来文字了，是不是就没办法养活自己？我愣住了，当灵感枯竭的时候，我不知道该如何养活自己。于是，我去应聘工作，因为有研究生文凭与出书的双重优势，我顺利成为一名大学老师。在教书过程中，我特别喜悦，因为教学也是我的一个梦想。

但是一年后，我发现自己没有时间看书了。面对一万册藏书，我却没有时间看，每日忙于教学，根本无暇静心阅读。对于我来说，这与心中的梦想背道而驰，与理想的目标相去甚远。

年少时，总想去看更大的世界。可当我长大，离父母越来越远的时候，我曾经向往的大城市的光鲜生活，并没有让我的内心更加安宁。再加上我是独生女，父母每天的电话问候和让我放心的话语，让我强烈感受到他们的孤独和牵挂。

我反问自己，一生这么短暂，为什么不能做自己热爱的事情？我在书中看到，生活多样又多彩，不一定非要将自己局限在某个岗位上。我也可以是自由职业者、创业者，因为人生原本就有无限种可能。

能不能去创造人生更大的空间？这个灵魂拷问激发我做出了新决定。

打破"金饭碗"，回归故里，投身知识付费赛道

读研，出书，落户西安，拿到高校任教职位，留在大城市，这是很多人眼中安稳的生活、圆满的人生。这也是我努力

多年，实现目标的结果。

可就在大家羡慕不已的时候，我最终决定遵从内心，毅然决然弃师从创，从繁华的大城市回到偏远小镇。

人生就是一场有来无回的旅程，我要做自己热爱的事。

我不想辜负满墙的书，而是想沉浸在阅读的世界里，一心一意地阅读、写作、出书。

我想和父母时常见面，经常回家吃饭，陪伴在他们身旁，给予父母照顾。

2016年，我放下大城市的繁华生活，带着一墙藏书回到家乡浦市古镇，开启写书生涯。我清楚地记得，寄回家的书整整有92箱。它们见证了我曾走过的路，也会继续陪伴我坚持文学梦。

然而，梦想与现实的差距，很快如同冰冷的水，让我清醒过来。版税出书，真的养不活那时的我，加之我还有一笔助学贷款需要还清，压力倍增。

而我还想让父母在未来能够过上更好的生活，我一直记得一句话："我们的努力里，不仅藏着自己的晚年生活，也藏着父母的晚年生活。"如果想要让他们放下担忧，如果想让自己从困局中找到方向，我必须要为自己做出新选择。

我深深知道：想要活出自己，必须改变现状，否则，所有的梦想就只能是美丽的泡沫。如果作者整日情绪苦闷，又怎么能写出激励读者的作品呢？

恰逢2016年是知识付费的元年，我凭借敏锐的商业思维赶上了红利期，选择了知识付费新教育的赛道。由于我经常给女性朋友拍照，经常在朋友圈晒摄影作品，分享摄影干货，再加上我在大学任教时教的是广告摄影专业。于是，我在线上开启了摄影美学训练营，在微信朋友圈招募学员，短短 3 天，竟然有 100 多个人来报名，我一下子就赚到了人生的第一桶金。

我用一年时间还掉了所有的助学贷款，也开始明白，对金钱担起责任，其实就是对自己、对家人担起责任。同时，我看到了自己身上更多的商业潜能。我可以通过自己的能力进行创业，拥有更为自由的生活。

2017 年，我遇见了灵魂伴侣闫凌。他是位环球旅行家，读万卷书的我，遇见了行万里路的他，"与君初相识，犹如故人归"。

我们身处在不同地域，幸运的是，他愿意放弃北京的生活，放弃熟悉的一切，为我而来。从此，熟悉的小镇里，有父母、有爱人、有自己热爱的事业。

因为遵从内心，遵从热爱，我的人生开始变得更加闪耀。

世界给我打开一扇窗，成为诗意民宿的女主人

我的家乡浦市古镇，是一个位于湘西的偏远小镇，我回去的时候，它刚被评为 AAAA 级景区。

好多人喜欢我的摄影作品，于是他们从北上广深这些大城市，来到浦市古镇找我拍照。但是完成摄影后，没有地方休息，很多人就建议我开一家特色客栈。

我当时萌发了这样的想法，可是受限于经济能力。没想到很快真的有投资人找到我，邀请我一起做民宿。我觉得自己很幸运，在心里埋下一颗种子后，就有贵人来助力它发芽。

做一家民宿，最低都得花费几百万，作为一个刚进入知识付费行业的人来说，我在资金上不具备经营民宿的条件。但是遇到贵人后，梦想照进了现实。我们一起合伙打造了一家名为"遇见美宿"的民宿。

"遇见美宿"是我们小镇当时极具诗意、高端雅致的民宿，九间客房，前庭后院种了很多花。新中式的装修风格，每间房都拥有一个很美的名字，走廊上还挂有许多我的摄影作品。在开业当天，我专门为"美宿"写了篇公众号推文，受到许多人的喜爱和分享，浏览量突破了 30 万。

很多人因为民宿知道了我的家乡湘西浦市古镇，也有很多人慕名而来。

在大家都以为民宿很赚钱的时候，其实我们处于持平状态，甚至有时候入不敷出。因为"遇见美宿"的地理位置偏僻，交通不便，再基于这几年的种种原因，能千里迢迢过来入住的人少之又少。

我把注意力重新回归线上平台，毕竟人只有在自己擅长的领域深耕，才能开出丰盛的花，才能实现更大的社会价值。

直到现在，我依然很感恩投资人让我实现了一回做民宿主人的梦想。虽然这件事不盈利，但是我获得了很多隐性的人生财富，借由这件事让更多人知道了我的家乡，助力了家乡旅游业的发展，这也是在播撒很多好的种子。

在我的心里，故乡就是梦想生根的地方，是心灵栖息的归处。

全力以赴做个人品牌，打造新女性轻创业平台

这次回归线上后，我不再局限于个人的知识课程，而是开启了合作模式。我负责招生，聘请外面专业的老师进行授课，这种营运模式的转变，让我们的年营收在2019年有了很大突破。

同时，我不断付费向私域赛道里厉害的老师学习，优化产品体系，搭建有力团队，升级商业模式。我不断完善创业方向和定位，从单一的手机摄影训练营迭代为摄影梦想学院，后来又升级为女性轻创业赋能平台。

随着我们帮助的人逐渐增多，创业的种子开始蔓延生长。

2020年，我们打造出了女性个人品牌年度社群产品，帮助女性打造个人IP，开启创富之路。

认知是因，创新是果。

2020年，我的平台有了新名称：菁凌研习社。这个名字取自我和爱人闫凌的名字，我们希望携手一起共创美好人生，同时可以影响更多人，帮助更多像我一样想要通过价值变现的女性，打造有影响力的个人品牌，拥有自由且富足的人生。

7年前，我曾经对未来充满迷茫，脚步踌躇，而如今我坚定方向，找到了此生的使命。7年前，我一个人活成了一家公司，而现在我的线下全职团队已有4人，我带领着她们一起共建这份美好事业。我不仅把自己活成一道光，也帮助身边的人活成了一道光，我们聚在一起，汇成宇宙间的闪耀星辰。

我相信再小的个体也有属于自己的个人品牌，尤其在这个

个体崛起的时代，每个人都能通过自身的努力获得蜕变，活出自己的使命和不凡人生。

有人说我运气好，抓住了流量获取和内容变现的双重红利。其实所有的好运背后，都是我不断的精进和努力。

《知识变现》的作者韩朝宾说过一句话让我铭记在心："知识只能改变学历，知识变现才能改变命运。知识会成为商业流量的入口。"

我希望自己能从内容创作者，蜕变成为优秀的女性个人品牌商业顾问，为更多向美而生的女性赋能。

只是任何事情都不是一帆风顺的，创业这条路尤其如此。我也曾经历很多次低谷，依然记得2021年连续几个月，因为胃食管反流引起嗓子发炎不能说话，业务停滞，银行卡余额所剩无几。爱人陪我去三亚休养了一周回来之后，我立刻重振旗鼓，继续奋斗。

创业这些年，无论遇到什么样的困难，我总是告诉自己：怀揣着乐观之心全力以赴。我们走过的每一段路，都不会被辜负。

左手文艺，右手商业，活成有力量的新女性榜样

新商业女性创始人胡萍老师在一堂课中分享了一个观点：**一个人只有把自己扔在一个非舒适区，才会有更多的爆发点。**

而人类的天性却是习惯于待在舒适区内，固守既有的行为和思维方式，因此面对真实的自我并获得成长就难上加难。

回想当年，我正是辞去了稳定工作，成为一名自由职业

者，才有了现在完全不一样的新世界。

这几年，我把自己放在一个非舒适区，从一个人活成一支队伍，组建团队，成立公司，活生生把自己从一个阳春白雪的文艺女青年，变成了一个接地气的女超人。

前10年，我看的都是文学书籍，这几年因为经营商业的需要，我同时开始大量阅读商业类的书籍。通过书籍了解到如何成为一名合格的产品人、运营人与营销人，了解到如何服务好客户，如何管理好团队，如何打造出自己的超强IP。这些思维与认知不断重塑我，让我不断扩充自己的容量，迭代自己。

回想创业之初，我还有文人的那种"清高"思想，认为一名文艺女青年做商业这件事，是迫于生活所需，而且总是不敢提钱。但是创业7年后，我发现自己早已在不知不觉中爱上了创业。

从开始的不得已创业，到后来真心爱上创业，我开启了自我修炼之路。通过不断学习商业的底层逻辑，互联网新事物，通过线上认识优秀的人，走进更优质的圈子，哪怕我身处偏远小镇，依然能拥有一线城市创业者的认知和资源。

在打造个人品牌创业之前，我想的总是如何依附于别人活着，我就想守在书房写很多文字，不愿去考虑生计。但是当我打造个人品牌之后，慢慢有了不一样的思维，我的想法悄然发生改变，思考的是如何用自己努力赚到的财富，回报以前帮助过我的人，如何让家人过更好的生活。

我能够帮助和影响更多人，带领他们共同成长，活出自己

的光彩，这对于我来说，比赚到更多的钱更加愉悦和珍贵。

我也没有忘记根植在心中的文学梦，在创业之余，依然会早起阅读，持续写书。每一种身份，每一段经历，对于一名写作者来说，都是莫大的财富。

克里希那穆提说过，"当你全然地投入你内心真正喜欢的事情，谋生的事情就会自然而然地解决。"当我努力追求精神世界时，经济上的收入也让我有了更大的底气。但是我没有买豪宅，没有买车，没有买名牌包包，而是继续投资自己的大脑，提升个人认知，不断扩容心脑。

这么多年，我的藏书已经超过了3万册。我每天与书为伴，付高昂费用，请战略顾问指导方向，向有结果的老师学习。更重要的是，我能此生与爱人并肩去看更大更精彩的世界，看更多的人不同的活法，感受从未感受过的生活，我从来没有像今天这样，感觉自己活出了天性和人生使命。

如今在小镇过着诗意般生活的我，比从前更加从容和自由，因为这一切都是我用努力换来的，是商业让这份诗意有了笃定的底气。

保持文艺之心能够让我放慢自己的脚步，感受生活的点滴美好；拥有商业思维，能够让我更加有底气过美好的生活。因此，对于文艺女性来说，两种思维的具备和随时切换的能力，让我的生活一半烟火，一半诗意。

遵循内心的声音努力前行，才能活出那个独一无二的自己。如果想要什么，别等待，主动去创造。

没有过去，就没有未来，不断超越自己，也许是我们对生命最大的诚恳。

　　回首过往，那是一个生命不断被努力的力量迭代磨砺，不断扩容的过程。面对生命中的各种期许，我一次又一次地全力以赴，前进、停滞、得到、放弃、身心崩溃、走到绝境、不断反击……父母和爱人始终陪伴在我身边，他们给了我极大的力量，让我再次找到那个一直逐梦的自己，让我一次次穿越磨炼和考验，站起来，一如既往，带着希望，继续勇敢前行。

　　本书是我最新的励志随笔集，我愿在这本书中与读者们分享自己如何从一个自卑的女孩变成物质与精神都丰盈的独立女性，如何一步步勇敢去追梦实现了心中的理想人生，如何通过左手文艺、右手商业的方式过上了无数女性梦想中的生活。这是一个普通女孩通过二十年如一日的努力活出自我的故事，愿这本书能给更多正处于迷茫的追梦人带去一份力量。

　　相信读完这本书，会让你尝试找寻自己心中的那份热爱，活出独一无二的自己。因为当你找到自己的时候，全世界才会找到你。

　　生活不曾在别处，它在每个敢于开拓追寻的轨迹里，愿我们都能做生活梦想家。

　　我，等你，一起来。

李菁

2023 年 8 月

目录

第一章　接纳自己：每个人都是一座等待挖掘的宝藏

做自己热爱的事，才会生出无限潜能　_002
付出不亚于任何人的努力　_009
愿你眼中有万丈光芒，活成自己想要的模样　_013
梦想，是奔跑在心里的一匹白马　_017

第二章　遇见自己：找到自己，这个世界才会找到你

辞去大学教师的工作，只为去过真正喜欢的生活　_026
不要轻视你的知识，它可以改变你的命运　_033
勤勉的人，用时间做种子　_038
斜杠青年，用多重身份开启多元化人生　_043
在充满书香的家庭里长大，是怎样一种幸福　_049
这个时代需要读书精神　_058

第三章　突破自己：按照自己的意愿去生活

人生中真正的贵人，其实是自己　_066

成长，是时光赐予我们最珍贵的礼物　_076

时光让你成为自己　_082

理想生活需要规划　_088

第四章　精进自己：不争第一，只做唯一

懂得保持"平衡"的人，才能过上理想生活　_100

成为一个务实的理想主义者　_113

普通女性实现富足人生的秘密　_119

不争第一，只做唯一　_129

第五章　活出自己：把自己活出来，就是对这个世界最大的贡献

拥有自信绽放的人生　_142

我人生中的贵人　_147

实现财务与时间双自由的丰盛人生　_157

实现一年顶十年的成长　_170

"供养"自己的梦想　_183

做到这五点，你也可以实现文艺与商业的平衡　_187

第一章

接纳自己：
每个人都是一座
等待挖掘的宝藏

做自己热爱的事，才会生出无限潜能

年少时曾走过弯路

初二那年，我自卑、惶恐、迷茫、任性。因为糟糕的数理化成绩，我变得很叛逆，逃学、旷课、打架、拉帮结派。同样是青葱岁月，我把灿烂的色彩埋进了深深的灰暗中。

觉得自己一无是处，前途一片渺茫。这个现状，让家人不免心生失望，在小镇医院里当出纳的母亲甚至已经想好，如果我考不上高中，就让我上中专读护理专业，毕业后留在小镇当护士，嫁给镇上的老师或公务员，结婚生子，过柴米油盐的生活。

那样的人生平静祥和，但是我知道不是自己想要的。

我不想按照父母设定的轨迹生活，可是15岁的我，活得既任性又卑微，看不到未来，看不到方向。所幸，我有自己的寄托。在那样灰暗的日子里，阅读与写文章是我唯一的光亮。如今看来，是父亲几千册的藏书拯救了我，让生性怯懦自卑的我，在书中找到了明亮的方向。

我庆幸自己在很小的时候，就养成了阅读习惯。所以即使在初中最叛逆的那个阶段，我也没有放弃自己。是阅读，燃起心中的光亮，让我心生温暖。也许是常看书的缘故，我的语文成绩相对较好，并担任班里的语文课代表。语文老师又正好是我们的班主任，眼看着我的堕落，老师很焦心。

有一天晚自习，他把我叫到教室外面谈话。谈话内容并不长，主要是提醒我要认真学习，不要再执迷不悟。末了，他对我说了一句我至今都不曾忘记的话："李菁，教书这么多年，我从未发现像你这样对文字敏感的学生。我敢说，十年后，你会是我们这个班最有出息的一个。"

如今，也许我并非像老师期许的，成为那个班最有出息的一个，但我非常感激老师的那番激励。

其实，没有人自甘堕落，让我陷入困顿的是我在数理化上天生反应迟钝，这让我失去了考学的信心，甚至每次上那些课都感觉是一种折磨。那是一根无法摆脱的刺，扎得人疼痛难忍，每个经历过的人都知道，这种痛苦绝不是做作与托词，它每分每秒都在提醒你：你很差。

作家三毛在书中写道，读初中的时候，数学也是她的噩梦。有一次考了零分，老师竟然用毛笔在她的眼睛上画了两个圈，让她顶着这两个圈的耻辱站在操场上。从此，她宁可去荒凉的墓地看书，也不愿再去学校上课。后来她选择退学，跟随台湾知名油画家顾福生习画。在授课的过程中，顾福生发现了三毛的写作才华，他将三毛的文章推荐给白先勇，从而被赏识，作品被发表于《现代文学》杂志上。这是三毛人生中最重要的转折点，她因为遇到良师，终于发出了最闪耀的光辉，寻到自己人生的价值。

而通过自己的亲身经验，我觉察到：一个人只有在做自己热爱的事情时，才会生出无限的潜能。

一开始或许我们并不知道正确的路到底在哪里，我们无法看透十年后的自己将会在哪里，又会因为什么而活得精彩，可是我们能够分辨自己的内心抗拒什么，热爱什么。虽然我们不能一往无前径直奔向自己所热爱的领域，但是我们能够利用一切可利用的时间重视它、培育它、爱护它。要相信，你所热爱的东西，终有一天会回过头来拥抱你。

有些人之所以不幸，是因为他们并不知道自己想要的是什么，当你迷失在成长之路上，或许要花费很多时间和精力，才能找到自己的热爱所在。但当你的天赋和个性与你专注的事物一致，因为热爱，你将会创造无限可能。

遇见人生中的转机

我没有想到，我人生中的第一个转机，是因为走上了绘画的道路。

从小我就迷恋绘画，因为潜移默化地受到二舅的影响。在整个家族里，二舅是最有艺术天赋的，作画、雕刻面具、刻菊花石、写书法，他都做得炉火纯青，由此成为我们当地有名的民间艺术家。

初中我因为叛逆丢掉画笔，二舅说我是伤仲永，丢了自己的天才梦。

所幸高一时，我又重拾画笔，并成为一名美术特长生。

因为幡然醒悟，我抱着画板，开始有了人生中第一个梦想——考大学。我告诉自己，只有在绘画上付出比常人多百倍的努力，才能弥补自己在数学分数上的劣势。

那是一段痛苦的岁月，却时时让我回味。美术特长生的画室安排在美术老师家，他只要求我们每天下午5点下课以后去画画，可我为了争取时间，每天中午匆匆买个面包就跑向画室，争分夺秒地画画。

有一阵子学校管得严，中午不让学生出校门，我大着胆子趁保安不注意，从大铁门下面的缝隙钻了出来，乐呵呵地朝画室跑去。下午上课的时候就被班主任点名批评了，他以为我跑到校外去玩了，我告诉他我是去画画，这才免了责罚。

高中那三年，我全力以赴，将所有的时间和精力都用在了一件事上——画画。我知道，只有拼命努力，才有考上大学的希望。父辈常说的"知识改变命运"，并不是劝告我们认真读书的幌子，在这个优胜劣汰的社会，知识确实会转变成自身的能力，从而改变原本平庸的人生。

在梦想这条道路上，我奋力向上攀登的同时，逐渐变得坚韧、勇敢与从容。在忘掉胆怯、自卑、懦弱和懒惰的过程中，属于我人生的火车开始朝着希望的方向驰骋而去。

上天不会辜负每一个努力的孩子。2008年，我成为我们小镇中学普通班里唯一一个考上二本院校的应届生。父母自然是高兴，在饭店设了酒席庆贺我取得的成绩。那天，好多朋友都来了，我心里欢喜，不胜酒力的我与大伙儿喝了迄今为止最多的一次酒。那个晚上我躺在床上哭成了泪人，脑海里浮现出了许多画面。

高一，初学绘画时，始终画得不好。我在物理课上写日记，每一笔都是当时的困惑和思考：如果我不读书了，我会在家里写小说；如果我不读书了，我会给我父母做饭；如果我不读书了……我还没有写完，日记本就被物理老师夺走了，然后被他狠狠扔在讲台下面。我弯下腰捡起日记本跑到女生宿舍楼，躲在顶楼的角落里掉眼泪。班主任让我的好朋友找到我，并把我叫到他的办公室，他说："你要勇敢，你的人生会有希望的。"

高二，画室搬到了学校里面，每天放学后我都会坚持在画室画到晚上11点。父亲总会骑着那辆老单车在校园里等我。有一次从画室出来，我看见漫山遍野的萤火虫，心里忽然涌出说不出的感动，想象着自己的青春一定也要像萤火虫一样，在黑暗中努力闪烁出自己的光芒。

高三，与同伴在长沙参加美术联考前的培训。那年冬天，湖南遭遇了冰灾，回家的路变得好远好远。但即使再冷我也不敢有丝毫的懈怠，我在租住的阁楼里支着画架努力地画着，拿画笔的手长满了冻疮，实在痛得不行就在脸盆里倒满热水，将冻僵的双手放入热水中，隔一会儿，又继续拿起画笔。

这个世界从来都没有轻而易举的收获。生活的法则永远都是：想要得到，必须先付出。

绘画，这个爱好改变了我的人生，它让我迷途知返，奋起直追，继而扬起风帆踏上了人生的航船。

如果说绘画这个爱好是我的航船，那么写作这个爱好就是挂在灯塔上那盏最亮的灯，让我得以在人生这个浩瀚的大海中一直心有所向。

热爱能抵达更远地方

考上大学后，我在川东的一所二本院校度过了求学生涯中最为珍贵的四年时光。

我的专业是艺术设计，在完成专业课作业之余，大部分时间我都留给了文学。看书，深夜码字；当编辑，参加作文比赛、朗诵比赛、演讲比赛。大一那年参加学校的朗诵比赛，在复赛的现场，我穿着一袭白裙。《雪之梦》的背景音乐轻柔流淌，我动情地朗诵着自己在高三那年写给梦想的诗歌。后来有人戏说，我是那所学校的林徽因。

每次领到生活费，我做的第一件事就是去书店买书，补充自己的精神食粮。

我们的宿舍是8人间，空间狭窄逼仄。为了写文章，大一时我买了台式计算机，把可以收缩的小桌子放在床尾，计算机与主机放在上面。原本窄小的床变得更窄，每次睡觉都伸不直腿，久而久之，睡姿便保持着如蜷缩着的婴儿一般。

夜深人静的时候，舍友都睡了，我就开始码字写文章，每次都熬夜写到凌晨三四点。写完就把文章发到QQ空间上和一个叫"51"的交友网站上。写作的初衷如此简单，纯粹因为自己热爱，不为名利，只为守护好心里的那份坚持。

2014年，我出版了第一本书《见素》，梦想绽放了第一朵蓓蕾。一年之后，我的第二本书《当茉遇见莉》由作家出版社出版。那些我在深夜里一点一点用心用情写下的文字，影响了越来越多的人，也获得了读者对我的认可与尊重。自此之后，我始终笔耕不辍，从未放弃写作的梦想。心中的火焰仍旧炽热燃烧，带领我奔赴更为璀璨的未来。

是爱好，让我从一个自卑堕落的小女孩，成长为如今带着满满正能量的女性。是梦想，让我克服了一路上的艰难困苦，坚定地过自己渴望的生活。是坚持，让我从默默无闻的文艺女孩，变成了如今拥有很多读者朋友的青年女作家。是激情，让我每一日都充满希望和干劲，书写人生的精彩。

我越发明白，当你真正热爱一件事的时候，就会有一种无形的向上的力量推着你，让你不得不勇往直前。这种滴水穿石的能量，会挖掘出你的巨大潜力。

或许在某一段时间，你做着自己并不喜欢的事，惶惶不可终日，迷茫无可解脱。可是一旦你找到自己的兴趣所在，它就会像一座灯塔，让你拨开迷雾，找到心的方向，然后沿着这个方向，你会成为自己想要的模样。

并不是每一个人都那么幸运，并不是每个人都可以用爱好来养活自己，但是当你一直坚持，即使最终没有得到所谓世俗上的收获和成功，但内心也会因为自己的坚持而变得丰盈和充实。这也是爱好的另一种力量，它是上天给我们精神世界留下的天窗，打开它，才能倾听到世界丰富的声音，看到世界不同的颜色。

每个人都有自己的爱好，或大或小，不要轻视它，也许它会改变你的一生。如果你愿意拥有穿过荆棘踏过海浪的勇气，灰暗将化为甜蜜，一束光亮即在不远的前方。

付出不亚于任何人的努力

那段全力以赴的青春

又到了四川省美术联考的日子,看着那些男孩女孩背着画板应考的忙碌背影,我忍不住又想起了18岁的自己。

那一年,我在省城学画,奔赴于10所学校的美术考点。偌大的城市里,一个人背着画板提着工具箱,朝着未知的梦想奔赴。满大街都是和自己一样追梦的学子。与成千上万的人一起闯这座独木桥,那种惶恐、惧怕、苦涩总会紧紧地拽着我的心。

一间小小的画室,便是我们努力的地方。在这里,我夜以继日地描摹,画的是现在,也是未来。每天十几个小时的作画时间,从早晨7点开始,一直持续到晚上12点,只有在吃饭时才会得到片刻的休憩。我曾亲眼看到一个美丽的女孩,因为劳累过度而昏厥在画室里,她倒下去的姿势那么美,就像是一只随风飘落的蝶。可是我知道,这份美丽太过于残酷。所有人都涌了上去，赶忙把她送往医院，然后，画室又归于平静，我们依然继续执笔画着，没有人再提起她。

有时我们会画到泪流满面，走出画室的那一刻，恨不得对着天空放声大叫，我们只能通过这种方式发泄内心的苦闷与压抑。我们是靠画画考大学的特长生，拥有别人羡慕的目光。但是，在这背后，却也充斥着别人无法理解的艰辛与苦痛。

很多时候，我都是寝室里最后一个归来的人。拖着疲惫的身子穿过黑夜里的街道，然后再轻轻地打开紧锁的房门。因为省钱，我们画室的七个女生一起租下了一间逼仄的小房子，屋内紧凑地摆放着三张床，两个人睡一张，剩下的那个人，就睡在地板的凉席上。而我，就是那个习惯了睡在凉席上的孩子。

我时常告诉自己，为了实现梦想，一定要拼命。也许，努力只是一个很浅薄的词，而拼命，却可以为梦想倾注所有的力气。

在美术联考前的那段日子里，我更是为此而废寝忘食。每天晚上下课后，我依然让自己留在画室里画到凌晨3点。那时已是深冬，我习惯先睡一小会儿，再爬起来继续作画。

有一次，因为怕房东不愿开门，我留宿在了画室。把画室的大门紧紧地反锁起来，关上明亮的灯盏，只留下一盏散发着微黄光亮的素描灯。我搬来一张木凳试图睡下，却终究因为寒冷和恐惧而放弃了，一骨碌爬起来又开始继续画画。在异常寒冷的黑夜里，我不住地颤抖，坚持着画画，直到黎明到来。

在很多人的心里，我是一个脆弱的爱哭鬼，但是你们知道吗，当一个脆弱的家伙开始心怀梦想与信念时，她的身体里就会迸发出无穷的力量，让自己变得勇敢与坚毅。

付出不亚于任何人的努力

我曾写过一篇回忆艺考的文章，其中有这样几段——

"不会忘了，2008年的那个冬天，湖南遭遇了冰冻灾害。在那些天寒地冻的日子里，我们执着画笔在画室里夜以继日地奋斗着。"

"那时候，我与几个画友一起在离画室不远的地方租了一间阁楼。有时冷得不行，我就会在睡觉之前找来几个塑料瓶，然后在里面灌满了开水，捧着温热的塑料瓶迷迷糊糊地睡去，却又时常会在睡梦中被刺骨的寒风惊醒。凛冽的风肆意地吹着，我穿着很厚的衣服在被子里缩成了一团，瑟瑟发抖。"

"天气越来越冷，雪也一天比一天下得大，我就把画具搬到了宿舍里。执着画笔的手被冻得发红发紫，有时冷得动不了了，我就去打一盆热水，把双手和双脚在水里浸泡一下再继续绘画。"

"过年的前几天，因为想家心切，我便一个人提着沉重的画箱乘上了回家的火车。一个人挤着火车，站票，晚上不敢睡。凌晨3点在一个小站下车，拖着行李在大雪纷纷的黑夜里寻找一处得以休憩的地方。在一个旅馆里睡了3小时，清晨又去赶汽车，然后去码头乘船。当我背着画袋，满脸疲惫地站在父亲面前时，父亲被吓了一大跳，他不无惊异地说：'你怎么回来了？'那一刻，我的脸上还留着未干的泪痕。"

重读这些文字，我依旧会湿了眼眶。不管怎样，我是幸运的。因为我闯过了这座独木桥，走向了另一个更加美好的世界。

考入大学，我选择了艺术设计专业。我还清晰地记得，开学不久，我们班组织了一次中秋晚会，我担任了女主持，撰稿词由我执笔。另一位女主持是个性比较张扬的女生，她对我说了一句让我至今难以忘记的话："你那么文绉绉的，应该去读中文系，怎么就来学美术了呢？"

当时的我满是自卑，觉得自己的气质与身边的艺术生大相径庭。他们思维活跃，性情不羁，个性鲜明。而我，心怀落寞，不爱说话，整天沉浸在自己安静的世界里。有时候我会悄悄地问自己，是不是选错了人生的路途？

大学里，有课程需要学习，我们画水粉静物，画设计素描，画国画，画油画……针对每一门课程，我都没有懈怠。没有人知道，我花了比其他同学多一倍的时间与精力完成这些作品。上天垂怜，让我获得了大学里最高的奖学金——国家奖学金。我用勤奋换来的成绩，亦收获了别人的敬佩与喜欢。

普通人想要实现人生的逆风翻盘，唯有通过不懈的拼搏。坚守心中的信念，付出不亚于任何人的努力，你也会拥有精彩的人生。

愿你眼中有万丈光芒，活成自己想要的模样

勇敢追寻心中理想

璞玉须雕琢，人须多历练，没有一蹴而就的成功。

许多人以为我从小品学兼优，是学习的佼佼者，是爸妈和老师心目中的乖乖女。其实不然，每个人的青春，或多或少有一些不可言说的肆意妄为。

"自卑"是我青春的代名词。因为自卑，我曾想退学。

高一时期的我，文科成绩在班里名列前茅，可是理科成绩却烂得一塌糊涂。因为学业的不如意，我变得焦虑不安，多愁善感，总感觉前路一片迷茫。

那时候我刚刚加入美术特长班，常常因为画不好一个苹果的明暗交界线而觉得自己一无是处。花季的我如同被雨水浸泡的花瓣，总有一种湿漉漉的怅惘，黏稠得让人快要窒息。

我被困了，心里的篱墙常常压抑得让我无法呼吸。于是上

数理化课程时，我总是偷偷在课本下面放一本小说，毫不犹豫地陷进去，仿佛那个世界才属于我。印象最深的是《少年维特的烦恼》，原来这个世界上还有比我更孤独无助的少年。

某次课堂上，老师在讲台上眉飞色舞、口若悬河。我对他的精彩授课充耳不闻，在自己的世界里神游着。

那时的我，内心比枯井还荒凉。退学的念头像个魔咒在脑海里翻来覆去地挥舞。我明知这是不可取的念头，可我失去了继续往前走的动力和勇气。

老师发现了我的异常，走过来夺过我的小说，"啪"的一声，书被他狠狠地摔在了地上。他望向我的眼神如利剑一般，我把头低了下去，双腿颤抖。老师继续讲课，没再理会我。趁他背过身在黑板上写字的空当，我迅速拾起地上的书，夺门而出。

那天，我哭成了泪人，决心离开这个令人绝望的校园。后来，班主任找到了我，在他的办公室里，我第一次说出了不想继续念书的想法。

他摇了摇头，坚定地对我说："知识真的能改变一个人的命运，如果你高中就离开了校园，一定会后悔的。我相信你的潜力，只要你勤奋，多年之后，必有所成就！"

班主任老师的这番鼓励，如同灯塔带给了我继续向前的动力与希望。内心的不甘让我燃起了熊熊斗志，因为对未来有期许，我绝不能任由自己跌入无望的黑暗深渊。

自那以后，我开始秉着笨鸟先飞的态度奋力向前。我付出比常人多十倍的努力去学画画，学文化课。我不聪明，所以只能付出比别人更多的时间去追梦。我不知道努力之后能否考上大学，可是我知道只要努力一点，再努力一点，我就能离梦想近一点。

研二那年，我争取到去台湾中国文化大学研修的机会，那是台湾所有大学中藏书最多的一所大学。研修期间，我时常去图书馆阅读书籍。台版的书都是繁体字，刚开始有许多字都不认识，只要一遇到生僻字，我就会请教台湾的同学，渐渐地，我可以顺利地读完一本繁体书了。

回大陆之后，我依然时常四处淘台版的书来读，身边的同龄人大多看不懂上面的繁体字，而我每每都能读得很顺畅。

2016年的冬天，我回到了家乡小镇，成为一名自由写作者。十年光阴飞逝，我经历了在外求学，并辗转多个城市。读书、行路，转了一大圈，好似又回到了起点。但我真切地知道，一切早已改变。年少的梦想已然扎根发芽，我要奋力去采摘绽放的花朵。

十年筑就年少愿望

十年前的我懵懂不自知，许下的竟是一辈子的梦想；而十年后的我，生活真如梦想一样，每日与文字独处，无比幸福。

许多人在暗中嘲笑我，上了那么多年的学，现在却是待在小镇上的"无业游民"。

但如果高一那年我退学回家，必定会很快嫁为人妻，每天为了柴米油盐而操心，说不定丈夫时常会因为我没有能力赚钱而与我争吵。生活里的鸡毛蒜皮也会很快磨掉我对文学的热爱，哪怕是写文章，也是伤春悲秋，永远都走不出小生活的狭窄怪圈。

现在的我，与十年前的那个自己判若两人。十年游学，磨砺了我的意志，拓展了我的视野，增长了我的见识，让我成为经济与精神都独立的女性。我积累了丰富的知识，拥有了支持我的读者，结识了很多优秀的朋友。我可以用摄影、设计的能力养活自己。我写作，并不是为名利，而是为了表达自己清澈有力的思想。并且我一直深信，文字有一种力量，它可以唤醒更多沉睡的心。

我感谢十年前班主任老师对我的那番鼓励，感谢十年前的自己没有任性离开校园，没有放弃自己。我本是一个自卑怯懦的女孩，可是十年求学的经历让我始终保持一种积极向上的生命状态，最终用知识改变了命运。原来，我真的可以活得更精彩，实现不一样的人生价值。

我知道，很多人或许都曾面临着分岔口，不知道如何是好，但一定要记得，不要放弃自己，谨记学无止境。

在这个日新月异的现代社会，求学变得多元化，当我们走出大学校门，智慧的女性依然始终保持着"求学"的状态，在前行路上，邂逅更好的自己。

保持阅读习惯，与时俱进，学会利用便捷的手机和网络学习摄影、写作、英语、职场交际、经济学、心理学……求知若渴的模样，是迷人且知性的。我想要告诉你的是：**在学习知识的过程中，知识本身的获取只占一个方面，另一方面是让你始终保持着好学、乐观、向上、阳光的生活状态与阔朗的格局，让你不会在婚姻与工作中迷失自己的独立人格。**

愿你的眼中有万丈光芒，努力活成自己想要的模样。在生命的每一个季节，都能散发出独特且持久的芬芳。

梦想,是奔跑在心里的一匹白马

我曾以梦为马

高考是人生一个重要的分水岭。为了圆高考梦,学校领导、老师、家长会有意无意地遏制你所有的爱好。每个人都觉得,我们只有攀登过高考的崇山峻岭,才有机会领略更广阔的风景。在我们的学生时代,或许听到最多的一句话就是:"等你考上了大学,就可以做你喜爱的事情了。"

18岁那年夏天,我如愿以偿地走进了大学校园。当时身边不少人抱怨这所大学与理想中的大学之间的差距,我却对它充满了一种莫名的爱。这爱不只是校园里蔓延在教学楼青灰色墙壁上的一大片爬山虎;不只是那些高挺而苍老的大树;不只是珍藏着数以万计书籍的图书馆;也不只是从校园广播里传出来的温暖声音……更因为我终于可以去做心里喜爱的事情了——那潜藏在心里的梦想,曾被搁浅的爱好,终于可以有一个施展的平台了。

曾任清华大学校长的梅贻琦说:"所谓大学者,非谓有大楼之谓也,有大师之谓也。"于我而言,大学的价值在于她的包容与大气,以及,她可以助我圆每一个有可能的梦。

记得有一次从食堂走出来的时候,头顶的大喇叭里传出一个女性亲切而温情的声音,伴着优美的钢琴曲,她在读一篇散文,声音柔美动听,萦绕耳畔。那一刻,我内心深处的一根弦仿佛被莫名地拨动了,我情不自禁地对身边的朋友说:"如果有一天,我也能成为一名播音员,那该多好啊……"

播音与我所学的"绘画艺术"一样,有一种无法抗拒的魅力与感染力,播音是一种"声音艺术",人间百味,喜怒哀乐,尽在其中。

当通讯社开始招新成员的时候,我毫不犹豫地报了名,目标是竞选并成为播音员。

面试时,我朗诵了一首自己写的诗歌,我热情洋溢地告诉他们:"我不需要别人记住我的名字,但是我希望有更多的人记住我的声音,我希望用自己的声音去感染、温暖更多的人。"

凭借优异的表现,我顺利地通过了竞选播音员的面试、笔试与几场复试。别人说我身上有很多优秀的潜质,如果能把普通话说得再标准些,我就是竞选者中最有希望的一个。

可是,最后我还是被淘汰了,因为我说话带有童音,且普通话也还不够标准,分不清楚鼻边音,而发音标准是作为一个播音员应该具备的最基本的专业技能。

通讯社的成员跟我说:"编辑部部长很看好你的文采,他已经答应让你免试成为通讯社里的编辑。你是第一个有这种待遇的学生，一定要好好珍惜。"

即使这样，我还是黑夜蹲在角落里哭成了泪人。梦想之花刚萌发出花蕾就遇到了一场霜降。在忧伤、不甘的哭泣中，我接到了一个姐姐的电话，在这所学校没有人比她更了解我。

她温柔地问我："有两双鞋子，一双鞋子是你喜欢的，另一双鞋子是适合你的。你选择哪双？"

我犹豫良久，然后擦干眼泪告诉她，我选择后者。

而那是不是我内心最真实的答案呢？我知道，自己只是暂时选择了适合的鞋子，总能够等到那一天，我可以穿上自己真正喜欢的鞋子，自由地去做喜欢的事情。

内心涌现出这样的坚定信念，那一刻，我的眼睛又一次湿润了。

我成了通讯社的一名编辑，每周有几天的时间在编辑室值班选稿。编辑部与播音部仅一门之隔，每次我选好稿子后就会推开那扇门，将稿子轻轻地放在播音台上。值班的播音员来播报的时候，我总会静静地听着。等他们走了之后，我会偷偷地坐在他们坐过的地方，戴着耳麦对着话筒，模仿他们朗读文章。

幸而不负韶华

光阴如梭，转眼我读到大二了，通讯社又开始招收播音员。一年的大学生活历练了我的能力，让我在语言表达、写作、待人处事等方面都有所提升，而且，手拿着普通话二甲证书的我更有自信了。

这一次，我重新站到竞选播音员的讲台上，用更精彩的表现获得了更多掌声。我知道，这所有的肯定与祝福，是我用整整一年的坚持和努力赢得的。

虽然与我一起竞选的都是大一的师弟师妹，但我并不觉得第二次走上竞选的平台有什么难堪，也不觉得有多大的压力，反倒觉得是一种喜悦。感觉有一种力量在一直支撑着自己，它源于梦想，更来自我的热爱与执着。

在曾经跌倒的地方，我坚强地爬了起来继续前行。我一次次地告诉自己："我可以做到的！我可以做到的！"在这样的信念支撑下，我真的做到了。

面试、笔试、四次复试，我终于通过了考核，进入了播音员的培训阶段。与我一起参加培训的还有八个大一的师弟师妹，他们与我一样有着对播音的喜爱与渴望，只是他们比我更幸运。可是没关系，绕过的那些路，我也看到了不同的风景。

那段日子，正值寒冬时节。每天中午，在播音部外的走廊上，时常会看到九个在一遍又一遍地练习读稿子的身影，迎着凛冽的寒风，放声地品读。通讯社所在大楼的对面是教工宿舍楼，我们经常会在读稿子的时候闻到一阵阵菜香，肚子便开始不争气地咕咕叫了起来。饥饿与寒冷没有让我们退缩，反而读得更加起劲，我们的声音穿过冬日的阳光，越发得爽朗明亮。

远处的那扇木窗，有一个小男孩在埋头做着作业，身边放着一个印着卡通图案的书包。细细观望，仿佛能听到铅笔在作业本上摩擦的沙沙声，还会看见母亲为他端来热气腾腾的饭菜，平淡日常里充满了慈爱。

我的内心忽然充满了柔情。曾几何时，母亲也是这样柔软细心，我想念那段躲在记忆里的好时光。当我把目光再一次移到手中的稿子上时，它们似乎也浸满了柔和。

做自己喜爱的事固然快乐，但压力一点都不会少。每天，播音员午间节目结束后，就会检查我们这一天是否有进步。我们一个接一个走上前，读着当天规定的稿子，师姐会逐字逐句地帮我们指出很多不足与缺陷，并提出改善建议。也正是这样的提点和一点点积累，让我们慢慢成长起来。

倍感压力的是，我的普通话依然存在着很大问题。我不希望自己在一个坑里跌倒两次，所以在平日里我用了比别人更多的时间去练习，我请求很多师姐帮助我纠正鼻边音。在她们的耐心指导下，我不断进步，当渐渐找到正确的发音方法时，我似乎看见了希望的曙光，看见了梦想之花在吐纳新蕊。

为了学习更专业的知识，那一段日子，我还专程坐校车去新校区传媒系的播音班当旁听生。这段经历，让我受益良多。播音班的老师是一位很漂亮的年轻女老师，她的声音是那么好听，就像唱歌的百灵鸟一样。她上课的时候，我就一直观察，看她是怎么发音的。我在想，要多少年的积累才能拥有这样的魅力啊！

培训了一段日子后，播音部进行了几次考试和筛选。这意味着有人要离开，身边的同伴渐渐少了，九个人只剩下五个，我们虽然留下了，内心的紧迫感却依然存在，因为随时还有可能被淘汰。

最后一次考试是试音。那一次，我们终于能够在播音室里真正地对着话筒、戴着耳麦读文章了。我们轮流进去考试，我是第一个进去的，内心无比激动又觉得异常神圣。我出来后是另一个女孩进去，几分钟后她满脸通红地跑了出来，既紧张又兴奋。五个人考完后都觉得自己发挥得不尽如人意，都说这次只怕是自己要离开播音部了，各自都像小孩子一样涨红了脸，眼里的泪花也止不住地闪烁。

我们不想离开播音部，更不愿分别。一个月的培训，一种浓浓的真切感情早已在我们的心中孕育，我们都忘不了彼此站在寒风中大声朗读文章的样子，忘不了彼此互相帮助时的温暖情谊，更忘不了播音部的师姐为我们所付出的一切。

那些时光深深烙在了我的心里，脑海里时常会泛起温情的一幕幕，耳边也会响起时间的轻语，告诉我，不要忘记。可我也知道，遵从内心的声音，尽自己的所能去追求。也许最终我们没能到达梦想的终点站，但沿途会邂逅很多美好的风景，这也是另一种收获。

坚信未来可期

结果出人意料，我们五个人全部都留了下来，成为试用播音员。这就意味着，我们终于可以在播音室里播音了。那一刻，我们破涕为笑，付出后的收获与快乐如此真切，分外甜蜜。一年的漫长等待，我终于让自己的声音从校园之声的大喇叭里传遍整个学校，每一次的播音都伴随着真切的幸福感。这一路，充满了荆棘，但是走过来之后我发现，每一次付出的心血，都浇灌出了绚烂的花朵。因为不易，所以珍贵。

没想到的是，说话带童音的缺点，竟然在经过专业播音训练后变成了我的优势，让我说话有了别样的亲和力，这也算是上天对我的眷顾吧。

当上播音员让许多人对我刮目相看，他们没想到平日里安静的我口音竟如此标准，更惊诧于我因这声音从内而外绽放出的自信光芒。然而，没有人知道，这种光芒是我躲在黑夜里通过无数次练习换来的，是在校园广播站的不断磨炼、不断试错和改正提升中获得的，如同贝类经历了长时间悄无声息的磨砺与隐忍，才得来光洁玉润的珍珠，彻底绽放耀眼的光泽。

人生就是这么奇妙，有些事情是相互关联的，播音员的经历让我后来得以在更多的微信群、分享会以及网络课堂的发言和教学中，以声音的优势先入为主获取认可。

2016年7月，我在线上开课了，在网络上用语音给学员们授课。第一堂课结束后，我听到最多的赞美是："老师，您的声音真好听啊。"母亲也表扬了我，她说我上课时候的声音气场与平日里小丫头的说话方式判若两人。

多年过去了，再回忆起那段竞选校园播音员的经历，我的心里依然温热。即使后来不再当播音员了，但经由这段经历，我知道了声音的魅力。声音可以传递表情，我能感知到一个人如果是带着微笑读文章，声音里就仿佛带着清透的山风与袭人的花香。

我知道，这是上帝送给一个努力姑娘的漂亮礼盒，里面装着一个干净透亮的梦，而这个礼盒只能由自己开启。

这样的梦，是心中一匹不羁奔跑的白马，它不受任何世俗的制约，不受任何荆棘的羁绊，它向往神秘而充满花香的远方，它企盼辽阔无垠的大草原，它憧憬水草肥美的土地……前面是漫漫长途，巍峨峰顶。

面对青春，我不惭愧。和所有以梦为马的诗人一样，我以梦想走这一生，哪怕一路荆棘坎坷，我不低头，哪怕一路黑暗迷茫，我心坚定。以梦为马，不负年华。

心之所及的远方，亦在云端深处。我愿握紧缰绳，策马前行。

第二章

遇见自己：

找到自己，
这个世界才会找到你

辞去大学教师的工作，只为去过真正喜欢的生活

在有限中寻求心之所向

2016年6月2日，细雨绵绵。

我手握着一份辞职申请书找系主任签字，步履没有半点迟疑。主任是一位极有才华的女性，她看了我的辞职信后并没有惊讶，微笑着对我说："如果是别人要辞职我会劝他再认真考虑，但是你提出辞职，我反而为你庆幸与祝福。因为我知道你内心有自己真正想要去实现的志向。"

我庆幸自己遇上这样善解人意的领导，让我拥有更多的勇气。

大学教师，多么光鲜的社会身份。我还记得有一位研究生同学，应聘了无数所高校的教师岗位，但都失败了。她曾哭着对我说："我最大的梦想就是成为一名大学教师，只要能让我留在高校工作，让我做再苦再累的活儿我都不在乎。"

教师，这也是我从小到大想要从事的理想职业之一。如今，我竟然亲手放弃了这份工作，身边的朋友都说我傻，现在进高校任教是多么不易！

自从来到高校工作，领导对我很器重，我的新书《当茉遇见莉》出版时，还专门为我在学校图书馆举办了一次分享会。同事之间相处融洽，平日里我比较少言，但是他们有什么都会想到我，丝毫没有复杂人际中的勾心斗角。

学生们也很喜欢我，由于每次上课我都会给他们推荐一本书，课间他们就会跟我交流读书心得，所以我们的关系一直"亦师亦友"。

走上讲台的第一天我就对学生们说："我愿意给你们拍照，用镜头记录下你们的青春。"后来我给许多学生拍过照片，他们收到照片之后总会欢喜地笑出声来，属于摄影师和老师的喜悦会无声蔓延。与学生轻松自由地相处，对我来说有一种无言的美妙感。

这一年，在大学里任教的我很幸福。但是，我还是辞职了。我想过自己真正喜欢的生活，那是大学教师这份工作抵不过的——自由、专注、丰盈。

大学教师并不如想象中那样轻松，以我自己为例，一周16课时，教2门课，带4个班。因为是年轻教师，需要花费大量时间备课，常常忙碌到夜里1点才睡觉，早晨4点30起来继续备课，然后洗漱去学校上课。

任何职业都有欣喜之处，也有无可奈何，人生不是程序设置，不是一切都可以预计，很多偶然的因素叠加，会颠覆许多初衷，这就是人生。我们做出了努力，其他的就交给命运。想起王尔德的那句话："教育是一件可敬的事，但要时刻牢记，没有什么值得知道的事是教得会的。"教师这份光鲜职业的背后，存在既定或隐性的教学任务，以及教研与科研的压力。

我常常是回到家后就头疼，倒在床上就能睡着，因为实在太困太累。

我不怕吃苦，唯一让我觉得苦的是无法做自己真正热爱的事情。

半年时间里，我只写了几篇文章，而且都是熬夜才完成的。每次看到家中那满满一书橱的书籍，心里就会涌起一股忧伤与不安。

想看书吗？

当然想。可是课还没有备完。

我又记起一年前刚来这所学校面试的时候，有一位领导问我："你是作家，高校的教学压力很繁重，你能放下写作吗？"我当时的回答是，我一定会做好本职工作。

可是现在，我的内心告诉自己，我最热爱的事情仍然是读书写作。如果一辈子囹圄在高校教研与科研的高压里，我还能坚持写作梦吗？

一位长辈对我说："叫李菁的人民教师有成千上万个，而叫李菁的作家就只有你一个。你应该把你人生中最好的时光用来不断地创作，写出真正有价值的书。"

每个人的时间都是有限的，在最华彩或是最朴素的有限光阴里，能做自己真正向往的事情，等到老去时，如果能以深情、满满的幸福感供记忆留存，又会是件怎样令人知足的事情。而这，也是我的心之所向。

于未知中踏上广阔征程

幸运的是，我有良师指路。雪小禅老师是我人生路上的导师，她总会在我人生最关键的时候为我指明方向。

有一天我告诉她，自己最近在教学上遇到的压力与困惑。她告诉我，她曾在中国戏曲学院教了几年书，教的戏曲文学学生们都很喜欢，而且常常有铁杆读者从外省坐十几个小时的火车来学校旁听她的课。

但后来，她不再去中国戏曲学院教学了。原因有很多，其中一个就是她这几年花在教学上的时间太多，没有精力写文章。她说，一名写作者只有在一种很舒缓的生活状态下，才能写出真正打动人心的好文章，如果整天为了生活忙忙碌碌，文字就会充满浮躁。

雪老师在电话那头说，辞职吧，为了自由，为了成为那个最好的自己。

雪老师对我说的话就像一株植物根植在了我的心里，无法拔去。

5月29日的晚上，睡前我习惯性地看朋友圈，一篇文章吸引了我，看得我内心激动不已。作者曾是教师、出纳，现在是自由写作者。在她选择辞职的时候，所有的嘲笑、愤懑、怨怼都指向了她。

她说，她的人生只有一种可以保护自己的武器——写作。

刚开始专职写作的时候，仅能维持最基本的生活。可是勤奋的她做到了每天在自己的公众号更新一篇文章，滴水穿石，如今的她在公众号发布的一篇原创文章，仅仅是读者的打赏都高达万元，她用文字让自己成为物质与精神双丰收的女作家。

这篇文章让我开始思考自己的人生，为什么我不可以像她一样做自己喜欢的事情，活得自由且漂亮？

我把文章发给父母看，我只是希望用身边这些成功的个例让他们知道，在当今这个时代，一切都变得多元化，不管是选择在体制内安安稳稳地工作，还是选择在体制外发挥自己的特长和优势养活自己，其实都是可以成就自己的道路，重要的是跟随内心的方向。我选择成为一名自由职业者，是为了活出更好的自己。

决定辞职这天，我在心里告诉自己，"我终于有时间了"。那种自在感就像我告诉自己，"我终于有钱养活梦想了"一样。前者是精神上的自由，后者是物质上的自由。身心自由的人才能获得真正的快乐。

随后，我辞职离开学校回到故乡。在线上开办了属于自己的摄影梦想网络课堂，短短两天时间，我就招了100名学员。

我成了他们的摄影梦想导师，学员来自全国各地，都是我的读者朋友。他们选择来到我的摄影网络培训班，一方面是想要拍出更好的照片，另一方面是因为他们对我这个梦想导师的肯定与喜欢。

我清楚地知道，一个女性想要追求精神生活的时候，必须先通过自己的能力稳定好物质生活。

网络摄影课一周只上一次，我有了更多阅读与写作的时间。

我要用教摄影挣来的学费养活写作梦，让我能够充满底气地告诉每一个关心我的人，我可以通过自己的能力过得很好，并且用勤奋带给更多人心灵的力量。

两天后，我把挣来的学费汇给了父母，母亲激动得一个晚上都没有睡。她在电话那头说，她怎么也想不通我会有这样大的能力，用几天时间就挣了她一年的工资。

尔后，她轻轻地说："我还是担心你的身体，100名学生，只是检查摄影作业也会累坏你的眼睛的。"

我笑着对母亲说："不要担心，我有能力做好这一切。"

一个人成长的标志是他（她）对自己与身边的亲人有所担当，我希望父母不必再为我担忧。

一开始反对我辞职的父母，终于同意了我的选择。因为我用自己的能力让他们放心了。我一直都很庆幸自己拥有这样开明的父母，在我人生的每个关键时刻，都会尊重我的个人选择。

在我刚刚研究生毕业的时候，我曾对母亲说，我想当自由写作者。母亲反对，她反问我："没有灵感的时候不是得饿死吗？女人一定要有稳定的职业。"

如今母亲不再反对，她很为自己的女儿骄傲，因为辞职后的女儿依然过得很富足很快乐，没有人比她更懂我的理想。

朋友问我，你辞去了工作，就失去了"大学教师"这样的社会身份，会丢失很多人对你的信赖。其实，"作家""大学教师""摄影师",这些身份都只是标签,真正可感召人的是创作者的作品与灵魂。真正的创作者都是用作品来说话的,绝非用自己的社会身份。

身边有太多的人在做着自己不喜欢的工作,让他们坚持下来的唯一动力只是一份生存需要的工资,又或是一份曲线救国的决心。我们努力储备知识与能力,逐渐强大自己,就是为了有一天能有底气去选择自己渴望的生活,选择真正热爱的事业,真正心爱的人,真正钟爱的生活状态。如果我们还不够强大,如何能逃脱现实带来的束缚?

不要害怕苦与累,努力积淀自己。因为只有当你拥有强大能量的时候,才有底气去过内心真正喜欢的生活。

你会等到这一天的。

不要轻视你的知识，它可以改变你的命运

青春当在书海中泛舟遨游

朋友小 D 是一名高校教师，最近她向我倾诉了她的烦恼。

在一次课堂上，她看见一位学生在低头玩手机，就故意点他的名字让他回答问题，学生当然回答不出来。小 D 就批评他上课不应该当低头族。学生说了一句话，让她半个月也没有缓过气来。"老师，我正在接一个订单呢，我一个月卖手机能挣七千多，比您的工资还高。我不想听课，我听一节课的时间会让我少挣很多钱。"

这就是小 D 的痛苦所在，作为一名高校教师，她发觉现在有些大学生求知欲越来越低，相互攀比的现象非常严重。谁做了微商挣了多少钱、谁做了兼职买了多少衣服、谁的游戏玩到了多少级……上课的时候，有些女生要么在座位上打开小圆镜补妆，要么在用手机看刚更新的电视剧；有些男生要么低着头用手机打游戏，要么就是因为昨晚通宵打游戏趴在课桌上

补觉。

那些刻苦学习的学生反而成了异类。

一些学生对知识的视而不见,让小D失去了作为教师的尊严感。

有一次她劝一个女生上课不要睡觉,女生睁着惺忪的睡眼,缓缓地说:"老师,我毕业了不干这行工作。"

小D跟我说这些话的时候,声音颤抖着,气愤的背后是满满的担忧。

她的心情我感同身受,因为我也有类似的经历。

我意识到,在讲台上影响到的学生是有限的,而文字所带来的影响力却是无限的。我想到了鲁迅、余华、毕淑敏、契诃夫、川端康成,这些文学大家也是在人生的关键时刻选择了弃医从文,用文字去"拯救"或是点醒更多的人。

旧时代,一句"女子无才便是德",堵住了多少女性与知识的缘分。而越是在物质与精神都戴着枷锁的时代,人们越发渴求进学堂学知识。私塾里的先生是威严而至高无上的,学生见了他们都心存敬畏,那是一种对知识的敬畏。

而现今这个物欲横流的时代,很容易让一部分学生们陷在消极态度的怪圈里——没有目标,怕吃苦,随波逐流,把未来寄托于家人的安排,甚至想着靠"拼爹"度过自己的一生。

让人欣慰的是,这个社会依然有许多有志青年,正在靠自己的勤奋积累知识,运用知识开拓自己的疆土。这样打拼出来的天地才更牢靠,因为知识会转化成你个人的核心竞争力,它们不会被任何人、任何事影响,并能让你在这个残酷的社会觅得一席之地。

读大一时，一位教我们画素描的老师说："我并不鼓励大家外出兼职，人生中属于大学的时光只有短短四年，学习知识，学会如何做人，那么美好而短暂的光阴，怎么舍得不去享受？而工作，是一辈子的事情，并不急于在大学阶段就去做。"

我是认同老师的，所以一直都认认真真完成老师布置的绘画作业，别人用一天的时间画一幅画，我会用心画一个月。不是因为画得不好，而是为了更好。除此之外，我由着自己的爱好，参加了学校里关于文学的各类竞选与比赛，在这个过程中如海绵一般孜孜不倦地吸取新知识、新技能。四年内，我获得了国家励志奖学金和国家奖学金，不仅在专业技能上打下了坚实的基础，还用知识为自己赢得了一笔丰厚的奖金，可谓双赢。

阅读是成本最低的成长方式

知识的积累可以让你成为最好的自己，也可以为你带来一种尊严感，它就是一个隐形的盔甲，无时无刻不在保护着你。

当你坐在大学的教室里，一心想要赚钱，却不知，知识的缺席终将使你精神空虚，让你变得浅薄无知，毫无气魄。当你以为将来可以"拼爹"，有安排好的人生可供挥霍，殊不知，人生从来都不是一帆风顺，一马平川。等你发现人只有靠自己才是王道的时候，恐徒留悲伤和忏悔。当你耽误了宝贵的青春时光，以为可以用换来的金钱过好余生，殊不料，和青春一起丢弃的还有你的灵魂。是的，年纪轻轻，却硬生生地把时光变成了单调、重复的生活，而那些潜心耕耘，积累知识的人，他们终究越活越精彩。

任何成功都是有迹可循的，关键在于我们是否能将自身对美好事物的渴求转变为脚踏实地的行动力。

对于女性来说，知识就是你喷在身上的香水，这种弥久的清香会为你的气质增分，也会为你的人生增值。

不久前，有一位读者朋友给我留言，她说："真羡慕你，可以读书，追求自己的梦想，过自己喜欢的生活。而我因为出身农村，家里有三个小孩，父母供不起我们读书，所以我读到初中就辍学出来上班了。那时候我根本不知道什么是爱好，直到现在成为相夫教子的女人了，才知道还有'爱好'这样一个美好的词汇。"

这个社会总有太多人因各种各样的缘故，无法得到读书求学的机会，他们也希望通过知识改变命运，可是面对残酷的现实，他们并没有更多的选择方向。

其实，当我们与校园失之交臂时，还有另一种办法自救，那就是自我教育。

著名作家庆山在回答读者的来信中也曾提道："最重要的教育是自我教育，这会持续一生。未来是随着当下的每一步推进而得到的。"

没有人敢说，只有学校的高才生才能功成名就，许多成功人士都只有很低的文凭，他们之所以成就了自己的一生，是因为骨子里的求知欲。

他们的初衷是求知，并不是求物。当你对知识产生出渴望并努力探索的时候,那些物质会自然而然地到来。因为你已经拥有了获得它们的资本,你值得拥有它们。

现在是互联网时代,知识无处不在,就看你是否有心学习。在线网络课程、视频教程、微课,这种网络授课不受时间与地域的限制,更不会限制年龄,适合大众人群。只要你有学习某一项知识的渴望,通常情况下,总会有各种各样便捷又高效的学习方式供你选择。

我认识一位全职妈妈,她每天早上 5 点 30 分就起来跟随英语老师在微信群里学习英语口语,因为害怕说英语的声音会影响家人睡觉,她就躲在洗手间里,对着镜子发音。

我问她为什么成家了还在努力学习英语口语,她回答得很干脆,因为她要做一位有梦想的妈妈,她希望自己有一天能陪着孩子一起去国外旅行,并且她也相信自己好学的精神会在日后影响到孩子。

无论你身在何处,有着什么样的年龄,你都可以从此刻开始,投入知识的海洋,如一块海绵般让自己充盈丰满。

如果你身处人生的孤岛,知识会是助你驶离孤岛的一艘航船,它会载着你穿过浩瀚大海,抵达一片更广阔的世界。那个全新的世界一定会让你感受到,原来自己的人生还可以如此精彩。若是没有知识这艘航船,你永远都只能守着自己那片狭窄之地,坐井观天,浑噩终老。

不要轻视你的知识,它将决定你的人生。

勤勉的人，用时间做种子

时间是珍贵的财富

如果有人问我，最珍惜什么？

我会毫不犹豫地回答：时间。

我从不睡懒觉，即使不设闹钟，我也会在清晨 6 点之前起来；我也不看电视剧、综艺节目，那些连小孩子都能叫出名字的当红明星，我一概不知；我从没在手机或电脑上玩过一款游戏，哪怕是斗地主；也从不会为每天的早餐纠结，因为我总会在前一天就准备好……

我难道不想多睡一会儿吗？不是。

我难道不喜欢看电视吗？也不是。

我难道不懂得享受有品质的慢生活吗？真的不是。

其实，我只是害怕，害怕浪费每一分每一秒，我渴望将生命里的每一刻，都"荒废"在自己真正热爱而有意义的事情中。

对时间的慷慨,就等于慢性自杀。正如保尔·柯察金所说:"当一个人回首往事,不因虚度年华而悔恨,也不因碌碌无为而羞耻。"我们必须抓紧时间工作和生活,这样才不会让年华流逝,荒废青春。

　　上大学时,每到寒暑假,我便宅在家中不知疲倦地看书、写文章,极少出门,颇有古代女子"大门不出,二门不迈"的态势。母亲总会嗔怪我:"别家大人担心孩子不爱学习,我却担心我们家的孩子不愿意出去玩。"而我,是真的被书给迷住了,我读书不比古代圣贤,不说书中自有黄金屋、颜如玉,于我,那里有个无比广阔的世界,它吸引着我、牵绊着我,让我心甘情愿地沉溺在这精彩的乐园中,品尝其中丝丝甜蜜的味道。外面的世界太精彩,可也比不过这份甜蜜让我心之向往。

　　一次,我看书看得实在太累,就抱着书趴在桌上睡着了,正好被下班回家的母亲撞见,气得她飞似的一步走到我身边,夺了书,将其狠狠地扔在了床上。我知道她是心疼我,怪我不懂得休息,可是我这书呆子呀,真的是爱书如命,来不及拭掉满脸的泪水,一肚子委屈地说:"您可以打我,但不可以扔我的书。"

　　如今想来,当初的自己真是傻得可爱,但正是自己长年累月的坚持,才争得这每一分每一秒去阅读、去写作,也正是这一点一点的积累,才有了多年后得以出版的多本畅销书。当拿到成书,翻开书页,我久久凝视,只有我明白,这一行行铅印的不是字,是我与无数个星月相邀的回忆,是灯下伏案的许多夜晚。我把时间交给了文字,它还给我一个心之念之的写作梦。

　　工作后，我除了完成教学任务，还要学习书法、钢琴、英语口语，此外，我还是两个公众号的主编、经营着一个设计工作室、给倾心的人儿拍照。从不停歇，从不懈怠，从不虚度，依旧过着忙碌而充实的日子。当然，我也继续做着我的写作梦，夜半三更，电脑前的点点微光，那是我与文字的甜蜜约定。

　　我清楚地知道，要珍惜时间，每一天都不能虚度，哪怕会疲倦一些、劳累一些，一切都值得。可以在一天天的充实中看见希望，那是我一生为之追寻的。

　　后来我辞职了，最大的原因是不愿自己的时间被别人支配，我希望每一天都可以从事自己真正热爱的事情，没有无奈，没有敷衍，没有负荷。

　　这样的心愿任性吗？放弃一份光鲜的工作任性吗？努力争取自己自由的时间任性吗？见仁见智。付出了失去安稳的代价，可是我获得了心灵的自由，成为真正的自己，一切都值得。

愿与光阴深情为伴

　　成为自由职业者之后，大家都猜想我应该会让自己放松了。但我并没有，只因深知自由的本质就是一场最深的自律。

　　我依然会晚睡早起，该起床的时候，绝不会拖延一分钟。只是，渐渐地不再熬夜，我懂得了爱惜自己的身体。阅读、写作、摄影、网络教学、远行……我的生活里充满了各种颜色。

有朋友羡慕地说，我活成了她梦想中的样子。我争取到了做自己真正喜欢的事情的时间，没有什么能比这更让我觉得安心了。

没有人可以随随便便就过上向往的生活，人的一生不会一直顺遂。唯有比别人尝更多的苦，受更多的风雨，磨炼出坚定的心，我们才会离期待的人生越来越近。

记得曾经看过的一篇文章中说，成功更多靠的是毅力与坚持，能力在其次。我很感激自己的坚持。

因为写作的缘故，我常收到读者的来信。他们在信中给我讲述那些曲折的故事，颠沛流离的人生、带刺的爱。我深深明白，人生如此不易，每天都有太多的压力与不可预知扰乱我们的心。

我们能做的，唯有找回属于自己的时间，找到远处指引我们的灯塔，也许不易，但一定值得。

若珍惜时间就可以改变人生的路途，我们推脱，我们懒惰，我们说做不到，岂不是辜负了内心的广袤和深意？说"向死而生"或许太过悲壮，只愿将光阴真情相待、丝丝抚慰，那光阴就会在你我不经意之时慷慨地馈赠。而虚度时光，是对我们的心愿最大的伤害。

时间是一位公平的使者，你用时间来做什么事情，就会得到相应的收获。时间用在哪里，掌声就在哪里。

鲁迅惜时如金，他说：时间就像海绵里的水，只要愿意挤，总还是有的。他把别人喝咖啡的时间都用在了工作与学习上，才会在他短暂的 55 年人生旅途中，著译 1000 多万字。

林清玄从小就常做一个游戏，与时间赛跑。一个暑假的作业，他总会用10天就做完，从不拖延。但凡有所成就的人，总会有着过人之处与近乎偏执的特质。多年后，他把这个道理教给了更多的人：假若你一直和时间赛跑，你会距离成功和真正的梦想越来越近。

　　巴尔扎克在20年的写作生涯中，写出了90多部文学作品，其中有许多作品都成了世界名著。他的创作时间让人惊叹：从半夜到中午工作，从中午到下午校对，下午5点用餐，5点30分休息。

　　莎士比亚也曾说过：抛弃时间的人，时间也将抛弃他。

　　达成所愿的人，未必天赋奇才，未必高屋建瓴。只是他们愿意把时间付于生命所求，不曾懈怠。

　　可即使人人知晓这些道理，我们的身边依然有太多甘为"被时间抛弃的人"。有的人天天睡到日上三竿，有的人玩游戏玩到日夜颠倒，有的人沉迷赌博，有的人刷朋友圈、微博刷到手抽筋……这些缺少自控力与意志力的人，抛弃了时间，于是空谈还是空谈，幻梦也还是幻梦，不曾有一丁点儿的变化。

　　时间对于每个人都是公平的，不增不减，就看你如何利用。勤勉的人用时间做种，用勤劳做锄，收获丰硕成果；懒散的人用时间做火，用岁月做烟，燃尽生命余光。珍惜时间，把握人生，不要亵渎生命，不要枉度少年。

　　为了千万种不庸碌的可能，请与时间深情相伴，珍惜它、善待它，不要让它愤怒，惩罚还懵懵懂懂的你。

　　此刻，还擎着一份梦想的你，最应该珍惜的，是时间。

斜杠青年，用多重身份开启多元化人生

一次，我参加一位作家朋友的新书发布会，他是这样介绍我的："她是一个斜杠青年，青年作家、摄影师，还是一名设计师。"

什么是斜杠青年？在我的身边有这样一群人，他们不满足"专一职业"的生活方式，而选择拥有多重职业和身份，这些人在自我介绍中会用斜杠来区分，所以被调侃为"斜杠青年"。

在这个瞬息万变、日新月异的时代，我们对于职业方向有了更多的选择，越来越多的人因为极强的兴趣和学习能力，在不同的领域都能够崭露头角。这使得他们具备了更强的核心竞争力和更丰富多彩的人生。

以前我们说"干一行，爱一行"，不要"一山看着一山高"，但如今，时代不一样了，斜杠青年越来越流行，成为年轻人热衷的生活方式。所以当我成为别人眼中的斜杠青年时，我的内心不仅不觉得抗拒，反而充满了自豪，因为这意味着我的人生充满了无数的可能性，涂抹了更多的色彩。

斜杠青年，是敢于打破常规的有趣人

斜杠青年富有激情与创造力，不墨守成规，敢于打破现实的藩篱，去做自己喜欢的事，创造自己的世界，体验多元的生活，用才能与智慧遇见那个独一无二的自己。

他们在不同的职业中展现了自己的多面性，淡定从容，魅力四射，在风险中一步一步开创多重人生。

他们是勇敢的一代。

"立志做摄影界书法最美的段子手，漫画界文笔最好的美食家，然而小林毕业于临床医学系。"这是林帝浣的自我介绍。作为一名教师，在教书之余，他写书、拍照、画画，把业余玩成专业，功力非凡。他的书画随笔集《等一朵花开》被评为"亚马逊 2016 年度十佳好书"。2017 年春节，他创作的一幅画作出现在《中国诗词大会》节目中，因为充满了诗情画意，被无数网友点赞称好。

他在接受采访时说："或许，我的天性里会觉得人仅有的这一辈子，如果只能做一个职业，是很不划算的，我的人生梦想是希望自己能成为一个让人无法定义的人。"

他是大家心中的小林老师，提起他，朋友们都会说："这个人挺好玩的。"做个有趣的生活玩家特别不易，需要有胸襟、有眼界和大格局。当有人称赞他学养深厚时，他说："哪有，我是不学无术。"这是谦逊。一个人的有趣，从他的言行举止就能窥见一二。

在这个浮躁的时代，许多内里空虚的人总是表现得高人一等,而真正有根底的人反而低调很多,戏谑自己只是"玩玩而已"。或许是他们愿意隐藏,或许是大家不愿发觉。斜杠青年所说的"玩"背后,是不为人知的漫长积淀和艰辛、痛苦的付出。

多重身份带来多渠道收入,增加你的底气

成功不是必然,但努力和坚持,是必须的。

自由写作者是我的主要身份,许多人问我,可以靠写作养活自己吗?

答案当然是否定的。写书能挣到钱的是畅销书作家,而作为新人的我,是无法依靠版税生活的。所以在写作之外,我还需要给客户做设计、摄影、修图。如果没有设计师与摄影师这两重身份作为物质生活的支撑,我是断不敢辞去工作回家写书的。

当然,一个人的成功不是由他(她)物质财富的多少来决定的,而在于他(她)是否可以在物质生活稳定的基础上,去创造更多的精神财富回馈社会,是否能用自己的能力给这个世界传递更多正能量。

不要轻视了爱好,它是你多重身份的基石

有意思的是,很多斜杠青年的多重身份都不是源于自己的本专业,而是来自兴趣爱好,并且令人嫉妒地把"业余"变成了"专业"。这个"变"写来简单,做起来却是千般辛万般苦。这个过程需要时间的积淀、自身的努力、家人的支持与社会环

境的依托，并不是一蹴而就的。

爱好因人而异，如果有一天你能把爱好积淀成一种"职业"，定会给你带来意想不到的惊喜。千万不要轻视你为爱好付出的时间与精力，正是因为一点点的积累，一天天的进步，才会让你的人生有创造奇迹的可能。

如果你喜欢文学，那就坚持读书写文吧，也许有一天你真的会成为一名作家；如果你喜欢音乐，那就坚持弹琴唱歌吧，也许有一天你真的会成为一名歌手；如果你喜欢摄影，那就坚持拍下日常生活中打动自己的画面吧，也许有一天你真的会成为一名摄影师……

其实，重要的是这些身份吗？

当然不是。重要的是你坚持了心中所爱，用另一种方式宠爱了自己。如果你坚持了很久很久，仍然无法将爱好转变为自己的"职业"，那又有什么关系呢？在坚持的每一天里，你已经富可敌国了。

学会合理规划时间，是斜杠青年的必修课

在这里需要澄清一个误区：斜杠青年就意味着没有核心的发展方向了吗？不是的。我们需要先找到职业的主心骨，再去"开枝散叶"，努力发芽，强大枝干，让其他身份与技能蓬勃发展，这样才会让自己像大树一样站得住、站得稳，而不是像浮萍一般毫无根底，风一吹就散了。

"树干"身份或许并不能带给你最大收益，但一定能让你最快乐。也就是说，如果有一天让你选择放弃一种身份，它将

会是你最舍不得的那一个。

拥有多重身份的斜杠青年，会明晰自己最重要的身份是什么，并且为之付出更多的时间，力求让"树干"立得更稳，让"树枝"更为繁茂。所以你会发现，斜杠青年最珍惜的是时间。学会合理规划时间，是斜杠青年的必修课。在这儿，与想要成为斜杠青年或者已经成为斜杠青年的朋友们分享几个规划时间的方法。

其一，学会适时拒绝一些邀约。

许多朋友是上班族，每当下班之后就会和同事或者朋友约着一起打游戏、吃夜宵、K歌，这些事情偶尔为之犹可，多了就毫无益处。许多自媒体大咖其实都是在下班之余努力码字，甚至做到每日更新，才积累了大量的粉丝。

其二，学会合理安排，统筹管理。

以我为例，虽然主编着三个公众号，但后台有专门的工作人员管理、审稿、编辑，大家分工合作，各自为战又环环相扣，而我则可以腾出更多的时间去做自己想做的事，他们也得到了更多的锻炼机会，可谓一举两得。你需要学会把一些事情交给信任的人去打理，这样才会在一种轻松并且井然有序的状态下去工作。

其三，把更多的时间安排给你的"树干"身份。

"树干"身份是斜杠青年人生的主心骨，是你的人生底色，所以不管什么状态下它都是排在第一位的。我很清楚自己的树干身份是写作者，所以时刻都以它为先。一年之计在于春，一日之计在于晨，所以今年春天我一直保持着阅读与写作的状态，没有远行的安排，而且会把写稿的时间安排在每天的清晨。

砍掉一截"树枝"，是为了"树干"有更多的养分输送给整棵大树，让自己的生命之树更加生机盎然。砍下它的时候当然疼，但是只有经历过这样的疼，你才会更加懂得争取来的每一分每一秒是多么的来之不易。

凤凰涅槃，而后重生。

Susan Kuang 在《斜杠青年：如何开启你的多重身份》一书中说："斜杠青年不仅仅是多重收入、多重身份，而是一种要过上无边界人生的姿态与能力。"

事实上，我们每个人都有机会开启自己的"无边界人生"，激发出内在的无限潜能，在自由之路上，遇见更完整的自己。

在充满书香的家庭里长大,是怎样一种幸福

我回到家乡浦市古镇,过上了向往已久的自由写作者生活。众人都无比歆羡地跟我说:"你活成了我们心里的梦。"可我想说,我今生能有缘过上理想中的生活,都是因为我的父母,因为他们的支持、理解、深爱与包容,我的路才能越走越好,越走越远。

爱的启蒙,最是书香能致远

我的父母亲都出自书香门第,父亲是个名副其实的书痴,家中藏书无数。我的整个童年与少年时代都赖在了他的书房里。父亲身形高大健朗,一脸正气,加之嘴上方的一字胡,颇有鲁迅的风范,他给自己起了个笔名叫"胡子"。父亲爱梅,因着母亲名字里有个"梅"字,爱梅之心更甚,几十年如一日地研究梅花。父亲明明是个才子,却偏偏命途多舛,终不得志,只好把大展宏图的希望都寄托在我身上。

印象很深的一个画面是，寒风瑟瑟的冬夜，一家人围在火炉旁各自阅读好书，若是谁发现了精彩段落，就会读出来跟大家一起分享。火炉里的炭火熊熊燃烧，橘黄色的火光映衬得我们的脸上竟似有了一种安宁的喜气。落针可闻的屋子里安静极了，只有老钟的嘀嗒声、翻书声和间或发出的碎碎念的读书声。

年少时，镇上还有一家不大的新华书店，每当我期末考了高分，父亲就带着我去新华书店，随我任意挑选书籍，这是父亲能给予我的最高奖励，小镇的书店也因此显得特别有人情味。而现在，镇上别提新华书店，就是一家像样的小书店也遍寻不着，实为可悲。

那时候我们家生活条件其实并不好，日子过得紧巴巴，母亲不允许父亲拿家中过日子的钱去买书。后来父亲想了个主意，他偷偷攒了许多废品，每隔几个月就让收购废品的大叔来我家，为此父亲拿到了为数不多的钱，但已经是欢天喜地，他隔几天就偷偷买回来几本好书。有一次被我发现了，父亲说这是我们之间的秘密，我真的保密了很久很久……

我渐渐被父亲爱看书的行为潜移默化地影响了，也开始读越来越多的书，甚至看已经满足不了我了，我便开始写，拿支圆珠笔很认真地写在日记本上。每每写完一篇，必是第一时间读给他们听，我并不觉得自己写得有多好，可是每当听到他们的赞赏，我好似凭空添了许多信心，对写作又多了几分向往。这样的鼓励对于一个年少无知的孩子来说，无异于点燃了一把文学的火种，"噌"的一下堆高了火焰。

梦想路上的任何贵人都是生命的馈赠，有人在失意里等待，在笑意里喝彩，无论何时都是一股实实在在的支撑。是山川海阔，是云淡风轻，也是前行的伴儿。更何况，这样的陪伴来自父母，我便像拥有了天地间的力量。

初中时，我进入叛逆期，父亲时常被班主任叫到办公室谈话，有一次差一点闹到退学的地步。他回家之后既不打我，也不训斥我，甚至连一句重话也没有，只是一遍遍跟我讲道理。母亲也只是叹气，并无半点怒火。他们好似知道这只是我人生中的一个劫，渡过去了，便依旧有希望。父母最知儿女心。

高中，我学了美术，每当我从画室拖着疲惫的身子走出来，就会看到父亲推着那辆老旧的自行车在黑夜的昏黄路灯下等我，他的影子被拉得好长好长，盖过我心中所有的恐惧与孤独。

就这样，每天晚上我就坐在他的自行车后座上，给他说白天发生的有趣事情。父亲一边被我逗得哈哈大笑，一边卖力地骑着车，仿佛后座上坐着的，就是他的全世界。

天道酬勤。

2008年的那年夏天，我考上了大学。父母高兴得不行，怕我路上东西多不方便，执意要一起坐火车送我去学校。因为东西太多，只好都塞进巨大的麻布袋里，这里头还有一床十斤的被子，他们知道我怕冷，把结婚时做的厚被子一并给我带上了。行李很重，父亲只好用扁担挑着。他们在学校帮我一起办理了入学手续，第二天就匆匆返程。由于只买到站票，从重庆上了火车后，整整几十个小时，他们一直这样站着。父亲在电话那头说,母亲都站哭了。我亲爱的父亲母亲,这一份爱,整列火车都装不下啊!

家的牵绊,让我飞往更远地方

读大学那几年,我与父母保持着书信来往。拿起钢笔,在信纸上写下生活的琐碎,哪怕只是一些细小之事,也觉得郑重。只是很少在信中提想念,我总是疏于对情感的表达。尽管如此,每次收到父母的回信,都觉受益匪浅。

母亲很少写,大多情况是由父亲执笔,母亲在旁边说。写的都是对我人生的一些指引,谈及读书、写文、生活、做人,甚至也会谈到如何去谈一场恋爱。隔着万水千山,仿佛他们就在我身边。他们在信中唤我"小二",落款是"想念你的大一、三号",这是我们之间惯用的昵称。在我家,母亲是一号,我是二号,父亲最没有"地位",只能是三号。在家中每当做好了饭菜,父母就会大声叫唤我"小二",声音传得老远,正在邻居家玩耍的我就会飞奔着跑回家。

18岁离家,10年辗转,城市追梦,每一年只有寒暑假才能回家,停留的时间都不长,10年一家人待在一起的时间都不够十个月。父母成了一串电话号码,一张信纸,一个遥远的港湾。一个女孩子在外拼搏并不容易,外面的世界很精彩,却也暗藏许多欺骗、伤害、陷阱、诱惑、责难,我的外表虽温柔怯懦,但骨子里有着母亲的傲骨,不管吃多大的苦也从不会在电话里跟父母提一个字。

不是不愿意说,而是怕他们担心。我怎不知道"儿行千里母担忧"？那些打碎牙吞下去的苦难，父母知道一分一毫都会疼上一世一生。

有很长一段时间，我陷在人生的滩涂里，无法自拔。

远在异乡的我，根本不知母亲为此日夜不能寐。父亲也是后来才告诉我，在那段日子里，他痛苦万分，却不知如何是好，恨不能替女儿去承担，最难过的时候躲在卫生间痛哭流涕。

有些伤痛，如果儿女遭受的是一分，那么对父母来说，必是十二分。

好在后来都好起来，一切都是最好的安排，经过黑暗，光明来得更加灿烂耀眼。

梦的抵达，寻常日子亦可成诗

2016年深秋，苏州悦禅的主人夏枫先生要为我在姑苏城举办一次个人分享会，我带着父母坐高铁去了苏州。这是他们第一次坐高铁，一路看见什么都觉得新鲜和欣喜。夏先生想邀请我的父母也参加分享会，他们委婉地拒绝了，我知道他们在人多的时候会羞涩。

本来打算陪着他们逛苏州园林的，可是分享会结束后有许多当地的好友找我拍工笔画的照片，只好作罢。在苏州待的一周时间里，我每天都在努力拍照，有时候一天连拍三个客户，累得全身无力。父母心疼我，有时也会帮我举反光板、拿道具，俨然已经是专业的摄影助理了。

2017年的春天，侥幸没有客居他乡，也不曾颠沛在那未知的远方，身心安然地待在家中。绿野润沾三月雨，空气里都是南方细雨的湿润气息，揉着油菜花的清香。

我的早晨是彩色的。

每日清晨起来，父亲必定已熬好了粥，在每个碗里都放上一个山鸡蛋。每日熬不同的粥，白色的是银耳莲子粥，黑色的是黑米粥，红色的是红米大枣枸杞粥，黄色的是玉米花生粥，绿色的是绿豆粥。每日晚上他总会问我一声："明早想要什么颜色？"我只需答色彩父亲便心领神会。

父亲深知写作是脑力活，需要补充各种营养，每日三餐便变着花样儿地给我烹饪色香味俱全的菜肴。父亲做的红烧全鱼是我的最爱，每每有好友来访，父母总会盛情款待，这时父亲便会做他这道拿手的菜。很久之后，父亲的厨艺还会令友人念念不忘。

菜园是父亲的另一个宝贝。我们每天吃的蔬菜都是父亲在园子里种的，新鲜自然无农药，吃着总有一股别样的清甜。春天，菜园子里春意盎然，绿油油的一大片，煞是好看，白菜、莴笋、芹菜……在父亲的悉心照料下长势甚好。园子里有三棵大樟树，已经有三层楼那般高了。每天读书写文乏了，站在阳台上望望那一园子的翠绿，闻闻樟树叶那沁人心脾的香味，整个人就会神清气爽起来。

自从我回来以后，整个二楼就成了我的天下，客厅里堆满了我的书。他们怕干扰我写文，便在一楼看电视，如此我更是如入无人之境，整日在二楼如饥似渴地阅读写作，他们甚少上楼，来了也是给我送茶，送削好的水果。

我也极少下楼。除了吃饭时间，大多时候我都是待在书房里埋头工作。有时候吃饭时还沉浸在书本里出不来，眼神痴痴地，那是我还在我的世界里神游着呢。这时我往往不多言，来了朋友也少言语，我是知道自己这个弊病的，写得多了，语言功能退化。以前有长辈说我是内秀之人，静心在家写文或许是我最好的选择。

母亲有时会急，怕我成书呆子，不会与人交流了。

于是天一晴，母亲就会带我去山野沐浴阳光，接近大自然，看春花、听流水、观远山。这时候我便显现出了活泼的那一面，在山野间奔跑，脸上的笑意如山风。

我们还有个固定节目，晚饭过后，一家人会去离家不远的小学操场打羽毛球。运动让人快乐，尤其是与家人一起运动，更是一种珍贵的陪伴。我与父亲打球时，母亲在旁边欢欣雀跃，笑得像个孩子。

他们对生活的那种积极热爱，始终感染着我，让我永远心存爱与希望。

小时候，是父亲给我买书看，如今，只要是他喜欢的书，不管再贵，我都会买回来送给他。这是我能给他的最珍贵的礼物。

闲来无事，我会把时兴的书拿给他们看，由此他们知道了"斜杠青年""多元化人生"这些新名词。刚回到镇上的时候，亲朋好友都劝母亲给我找个稳定的工作，母亲也曾动过给我找工作的心思。可是当她读了这些时兴的书，了解了这个时代发展的新方向后，又看到我写的文章被越来越多的自媒体转载，被越来越多的人喜欢，反倒支持我当一名自由职业者了。父亲连带着受她思想的感化，理解并尊重我的选择。

每次我在公众号发表文章，他们总会第一时间去看，不仅看我写的，还会认真阅读朋友们给我的留言。读到大家对我的鼓励，他们总是很欢喜。十几年前，他们是我唯一的"粉丝"，十几年后，我拥有了成千上万的读者朋友，而他们是当之无愧的"铁杆粉丝"。我的每一次进步、每一次突破，都会牵动他们的心。

可不管我有怎样的成就，仍然是那个需要他们疼爱和庇佑的小女孩。有时我正在电脑前写文章，母亲偶尔还会在给我递冰糖梨子粥的时候亲一下我的额头。我每每取得一点成绩，母亲就会笑盈盈地来到我面前，要给我击掌鼓励，这是她表达自己深爱女儿的一种方式。

我不知这次会在家停留多久，也无法预知往后究竟会何去何从，好似女人有了爱人，才算真正有了一生的归属，而我早已在年少时就将读书写作当成了我灵魂的皈依。读万卷书，行万里路，孜孜以求，不畏路途崎岖。若无人懂我这份执着，我宁可孤单一人，而我始终深信，终会有一个懂我的人出现替他们来爱我。

小镇上这个温情的家是父母为我打造的伊甸园，他们说过，在外奔波累了，就回家吧。有了他们爱的滋养，我才不是插在瓶中等待凋谢的玫瑰，而是扎根在土里的栀子树，年年岁岁，花落花开，永远不会停下对绽放的渴望。

若不是今生拥有这样知书达理的父母，我不可能过上这般理想的生活。**父母给予儿女最大的财富并不是物质上的无忧无虑，而是心灵上的自由自在。**他们从不会逼我做不喜欢的事情，而是愿意倾听我内心的声音，无条件地支持我的梦想，让我能活成自己最想要的模样。

亲爱的父亲母亲，我爱你们，如果有一天我有了儿女，我也会用你们爱我的方式去深爱他们。

如果有下辈子，愿你们还是我最亲最爱的父亲、母亲。

这个时代需要读书精神

如今，处于经济快速发展的时代，人们总执着于眼前的利益得失，宁愿把时间花在丰盛的物质生活上，也不愿丰盈自己的精神生活。在我们的生活中，电子产品越来越"金贵"、越来越不可或缺，而书本常常被束之高阁。

当代著名作家麦家在一次讲座中提到，文字正在远离我们，我们正在远离书本。一位诗人也曾说过，现在是一个什么年代呢？是文字远离我们的年代。我们只有趴下来，跪下来，才能感受到文字的小小力量。

然而，于我，文字从未远离。

书籍启迪无穷智慧

在我的童年记忆里，每当冬天来临，我就会与父母围在火炉旁，一人手捧一本书，各自沉浸在书本中。若是有谁看到了一句精彩的话，就会读出来和大家分享。父母是孩子最好的老师，他们对书的热爱感染了我，耳濡目染间，我常常不自知地就捧起书来读，心渐澄澈，爱书的种子悄然发芽。

后来，不管我是遭遇痛苦，还是经历人生颠簸，书都是我心中不可替代的光亮，引导着我义无反顾地走向坚定的人生目标，无惧无忧。

我爱书如命，书亦以爱回报我。

在大学任教期间，每学期的第一节课，我会给学生们讲"阅读可以改变一个人的一生"的主题内容。我用自己的成长经历告诉他们，书中有着不可估量的力量，它让一个几近堕落的差等生变成现在这样内心有力量的"励志姐"。

每次上课我都会给学生们带去一些好书，不敢期望哪一本书能改变他们，只愿能帮助他们养成阅读书籍的习惯。长此以往，成效显著，学生们会争着读我带去的书。课间休息时，他们还会主动与我讨论读这些书的所思所感。我分明看到，他们说到心中的想法时，眼神里散发出一种光芒，如天上熠熠生辉的星星。

阅读好书对年轻人健康人格的塑造作用不可轻视。我带给他们读的书是"砖"，开启阅读之路，引领他们去学校图书馆阅读不计其数的经典之作，那里有更多纯粹珍贵的"玉"。我每每在图书馆，都会发现阅读室里座无虚席，那里满是抱着考试参考书冥思苦想的学生，考研书、雅思书、托福书，各种大小考试需要的书，而看课外读物的学生少之又少。

他们是那么年轻，正该是思想活跃、博采众长之时，却不得不把所有的阅读时间都花在应试上，不禁令人叹惋。一个只读工具书的人思想难免干涸，需要有丰富的营养去滋润。文学、历史、哲学等多种类型的书籍，正是枯萎河床上另辟蹊径的萌芽，它们看似当下无用，实则可以塑造你的思维方式，在长久的积累和领悟中，加强你的逻辑判断能力，提升你的美感素养，是意义深远的好书。

想一想我们什么时候才会拿起书本阅读？考试的时候，读应考的"葵花宝典"；初入职场，读如何快速融入职场的"圣经"；内心困顿，读市场上热销的"心灵鸡汤"……应运而生的阅读，只是一种应试方式、工作方式、减压方式。如此浅尝辄止，犹如蜻蜓点水，如何洗涤心灵？读书应该是自然而然的，发自内心的渴望，是融入血液的生命中的一部分。

深入地去读一些真正能震撼你、改变你、影响你、润泽你的好书吧。

读书不应只是成年人的事情，孩童时就应该养成阅读的习惯，并一直坚持。亲近文字的孩子会比同龄人更加早慧，明辨事理。现如今许多家庭普遍都有一种烦恼，孩子们只要离开学校回到家里，就离不开手机。父母苦口婆心地劝说、勒令，但是孩子们总会趁着大人不注意，又偷偷地玩起手机。他们用手机玩游戏、看漫画、聊天、看电视剧、搜索明星信息……玩得不亦乐乎，俨然一个小大人，即使损害眼睛也在所不惜。玩物丧志，不知不觉间他们已经丢失了最重要的启蒙。

我有一位朋友是做小学生课外辅导的，有一次我去她家里，看见一屋子的小学生有百分之八十都戴了眼镜。我很惊讶，也深感悲哀，后来与朋友聊到此事，她说造成孩子近视的罪魁祸首是手机。

我想起了我的小学时光。每天放学回家我一做完作业就会看文学杂志，翻看父亲书架上的好书。父母希望我把时间放在考学上，不再让我接触课外书籍，我便偷偷地读。晚上等他们房间的灯关了，我就轻轻地爬起来，用大被子把身体盖严实，从枕头下面取出早已准备好的文学书籍与手电筒。手电筒微弱的橘黄光亮，陪我徜徉在书的海洋里，其中快乐，无以言表。

然而对书的痴迷也让我付出了代价，六年级我就眼睛近视，看不清楚黑板上的字了。

我的近视，不同于现今孩子的近视，两者自然都不值得效仿，但我们那个年代从小爱书的精神如今在慢慢丢失。即使老师在寒暑假布置了阅读经典文学名著并写下读后感的作业，大多数的孩子都只是为了应付任务，随手翻看了几页书，然后用手机百度搜索一下这些名著的读后感，东拼西凑地完成作业。

阅读，成了一种应付，可悲可叹。

书香润泽珍贵心灵

没有被书香浸润过的心灵是狭隘的。少了书香的陪伴，会使一个人在今后漫长的一生中总觉缺失。纵观大学生课堂睡觉的现象，老师批评睡觉者，他不觉有错，反而慢悠悠地说："我毕业后不做这个专业的工作，不用管我。"如果他阅读过经典书籍，便会懂礼知耻，就会明白什么是"疾学在于尊师"。在古代，学生见了老师是要弯腰鞠躬的，长揖拜见，无上尊敬，而今我们无须那么多繁缛礼节，但尊师重道的礼规不能忘。因此，阅读之人越读越谦恭，就如同丰收的稻穗低垂下头。

由于各种软件的介入，如今变成了快餐阅读、手机阅读的"读图时代"，但依然有文化界的名人呼吁人们的阅读要回归到书本上来。虚拟的东西怎敌过握在手中沉甸甸的精神食粮，人读书，书养人。许多作家、艺术家与文艺工作者都爱书爱到了骨子里，书与他们骨血相融，慢慢地浸染出他们不凡的气度。

读书当然不分身份高下，不分财富多少，只要你识字，就能看书，就应当看书。读书应当如"洗脸"一般，是生活中不可或缺的习惯。洗脸洗去的是脸上的污垢，读好书洗去的却是心灵上的蒙尘。阅读让我们更通透，经过日积月累的沉淀，岁月也会愈发绵长。

书韵塑造风骨精神

前几日见到一位儒雅的长辈，他既是法官也是书法家，惜时如金，工作之余，不赌博，不应酬，按时回家读书写字。

他有一个习惯——每天读书至凌晨2点才入睡，清晨6点准时起床。这个阅读的习惯几十年如一日地坚持着，他深知自己已过了知天命的年纪，余下读书的时间是过一日便少一日。如今他每日只读两类书：法学与书法，全身心地投入其中，如同挖井一般深入地去钻研。

他的言行举止中总带着书香气质。一桌人吃饭，他挨着长辈坐，帮着老辈取下身上的挎包，每上一道菜，他总是先把菜夹到长辈的碗里，因为他知道老人眼神不大好。与晚辈聊天时，他总能适时地赞美和鼓励对方。他自谦自己糊涂了大半辈子，不与人争，不与世争，唯独关注自我精神世界的丰盛。

有一天他去一个寺庙诵经祈愿，诵读了几个小时，大汗淋漓，背上的衣服反反复复地湿了又干，干了又湿。这几个小时，他一遍又一遍地只是重复一句话：为家乡修一座桥。

因为家乡的那条大河总是发大水，每每洪水一来，人们就无法与外界取得联系，他暗下决心，一定要在这条河上修一座桥。

后来，他把自己名下的另一处房产卖了，大家都以为他在为儿子攒钱娶媳妇，谁知他用这笔钱在家乡的大河上建造了一座6米宽的大桥。

长身玉立，精神如柱。

他身上的那种传统读书人的精神格局，如同生长在山巅的松树，迎风傲立，由内而外迸发出不可限量的力量。

人生多苦痛，要面对的责任、担当、痛苦与挫折，一样都不会少。劝勉人们多读书，并不是说读书就如同拥有"免死金牌"，可以免去这些生命的考验，但是多读好书定会增长你的智慧与见识，让你明辨是非，懂得思考与选择。站得高看得远，你的人生或许会因此少走很多弯路。在我们急于让物质生活变得更好的同时，精神生活更要紧随其后，不然，浮华尽头总是空。读书是一种精神力量，这种力量引导全民阅读，每个人由此让自身丰盈，提升精神品格，社会这个大家庭会因此少了很多罪恶、伤害、纷争，个人的小家庭也会少了许多争执、怨怼、暴力。

  一个时代若以读书精神作为底色，全民共同参与描绘蓝图，这个时代也会是理性与温情的。同时，这样的读书精神可以引领人们穿越迷失的陷阱，步入丰盈的幸福生活。

第三章

CHAPTER 3

突破自己：
按照自己的意愿
去生活

人生中真正的贵人,其实是自己

《见素》,我的第一个孩子

2014年1月,我出版了自己人生中的第一本书——《见素》。从签约书籍到正式面市一共经历了半年时间,那半年因为它,我时而欢喜时而忧愁。收到《见素》的那个晚上,我来来回回地翻阅着它,心中有种无法抑制的激动,整晚都没有入睡。

从小我就有一个文字梦,向往此生能出书,能用文字去温暖更多的人,我就那样写啊写啊。在24岁这年,这个看似遥不可及的梦竟然实现了。那阵子,我常常有一种想落泪的冲动。

《见素》收录了我从17岁到24岁这些年写的散文随笔,因为年龄跨度大,所以有些文章还显得有些青涩。书面市之后,被越来越多的人捧在掌心阅读,有人赞美,当然也有人批评。某天与一位长辈在湖边散步,与他说起这本书,我的声音都是怯怯的。

他说,"你见过哪个母亲嫌弃过自己的孩子吗?《见素》是你的第一个"女儿",有人喜欢她,当然就有人诋毁她,但是懂你的人一定也能懂得这本书的真。书,是给懂它的人看的。"此后我对这本书有了一份母亲对孩子一般的感情。

有读者朋友给我留言:"从未有一本这样的书能让我的内心如此平静安宁。阳光温暖的午后,一束光斜射在书面上,反射温暖的光。手捧着《见素》,一字一句地品读,每个字眼都散发着纯真的光芒和力量,让人在纷繁复杂的尘世间,找到了返璞归真的气息。"

散发着纯真的光芒和力量,这是对《见素》最真切的赞美。

是分享会,不是讲座

我的第一本书出版之后,讲座、签售会、读者见面会、采访等活动纷至沓来。还是学生的我连上台的底气都没有,总在心里一遍遍地问自己"我能给别人讲什么呢?"

读书尚不足,又毫无社会经验,也缺乏人生的阅历。自知根基太浅,心里诚惶诚恐。

第一场讲座是在陕西科技大学,我写了一万字的稿子,又跑到校园的角落里反反复复背了三天。到讲座的那一天依然紧张万分,台下气氛压抑,台上的我好似在背书一样,生硬无比,有好几处还忘了词。那天还有几个朋友特意从外地坐飞机、搭火车赶来,结果却这样,我满心自责与愧疚。

之后又接到了不少讲座的邀请，心里很慌乱。与一位长辈说起了心中的困扰，他说，"你应将它当作分享会，而不是讲座。讲座，会在无形中给你带来不必要的压力与束缚，而分享会就意味着你只需要把你的故事讲述给他们听，让他们在聆听的时候被你身上美好的、向善向阳的、充满正能量的那一部分所触动，便足矣。哪怕在几百人的聆听者中间只有一个人被你身上带来的光照亮，这场分享会就是有意义的。"我将他的话铭记在心。

4月回母校四川文理学院做分享会的时候，我已不再紧张。分享会所在的大教室曾是贾飞师兄新书首发式的地方，几年前的那一天我也坐在台下，听着他的文学梦，心里充满了敬佩与仰慕，我还上台给他送了一束鲜花。那时候的我在心里默默想，会不会有一天也会带着自己的书回母校？

这一天终于到来了。

我对着话筒说，"我终于回来了。"眼泪在那瞬间夺眶而出。因为这儿是我梦想起飞的地方，如果你也有过从毛毛虫蜕变成蝴蝶的经历，一定知道当自己还是一只毛毛虫的时候是多么卑微，又是多么努力。

我与台下的师弟师妹们分享着我的成长经历，告诉他们："人生中总有一段时光是留给自己一个人的，它不是孤独，不是艰辛，更不是寂静，它只是一个蜕变的过程。"

分享会之后，我收到了许多人的留言，他们告诉我，从我的分享中他们获得了一种迸发的力量。

之后我有半年的时间都未曾参与任何公众活动，因为我知道还是学生的我应该静下心沉淀自己，只有聚集更多的光才不会被压力与挫折轻易熄灭。

半年后，我再一次走到了台上为同学们做分享。我懂得了一个充满能量的讲述者一定是风趣的，有魅力的，是可以让聆听者开怀大笑又能让其泪湿眼眶的。那一次分享，台上的我淡定从容，一直保持着笑脸，台下的听众也时常发出欢笑声。

想起当初第一次分享会时双腿发抖的自己，我不禁在心里为现在的自己鼓掌。我知道，这份自信源于不间断的努力与积淀。

不是粉丝，而是朋友

有人曾在一位作家面前提起她的粉丝怎样喜欢她，她当下就说，"他们不是我的粉丝，而是我的朋友"。

这句话我一直刻在了心里。此刻的我，只是一名平凡的写作者，但是让我庆幸的是，依然有许多人发自真心地爱着我的文字。当我用文字照亮他们的时候，他们也用爱与支持照亮了我的人生。这种彼此的加持是那样珍贵。

内心相契合的人会因为文字而找到对方。文字本身是带着一种力量的，可以带来信任，带来发自真心的深爱。

《见素》出版之后，有更多的人因为文字找到了我的博客。也有人说想要来见我，我告诉她，作者与读者之间最好的相逢应是在作者的文字中。某一天收到了一封读者朋友的来信，她写了厚厚的一沓，一共有 20 几页信纸。我借着台灯昏暗的光看了很久很久，直至眼泪掉下来。她在纸上向我诉说她的故事，从出生到现在，曲折迂回，满是痛楚与辛酸。我们未曾相见，相识也并不久，但她却从我的书中确认我是一个值得信任的倾听者。这是文字带给人与人之间的暖意。

前些日子在河南漯河的慢镜回放时日定格书店做分享会，一位读者朋友从外地专程赶来，只为见我一面。见面的那一刻，她欢喜地走过来，唤我"吧啦姐"，我给予了她一个很大的拥抱。她将一条红色围巾递给我，有些羞涩地说："姐姐，这是我专门为你织的。"然后她又充满懊恼地说，"本来还给你用彩色纸折了八朵向日葵，都带过来了，刚才下车的时候赶时间就忘在车上了。"她说这番话的时候目不转睛地看着我的眼睛，我也望着她，她的眼里写满了真诚，让我疼惜。

后来，有许多读者朋友通过博客给我留言，预定签名版的《见素》。有学生送给敬爱的老师，有老师送给爱读书的学生，有父母送给叛逆期的孩子，有女孩送给自己的闺蜜，有男孩送给心中深爱的女孩。我不仅在书的扉页签上名字，还用心写下祝福。这时候，书已然成为一条传递爱的红绳。

当你发善心去做每一件事，你会收获更多的爱。写作的本身也是发善心。

是专职写作，还是业余写作

出书之后有很长一段时间我都在纠结一个问题，是专职写作，还是业余写作？

我曾在博客中写出了当下的一种向往，"我盼望着将来能过上自己喜欢的自由生活。去喜欢的地方旅行或短暂居住，一路书写与拍摄，再回到有家的那个城市，整理文字与图片。用大量时间来阅读，种生命力旺盛的绿色植物，练习书法，禅定。持续不断地书写。偶尔与朋友见面，彼此诉说与聆听。"

有段时间我一直排斥毕业后马上找工作的规劝，因为在我看来，写作就是一项工作。我对它始终怀着敬畏之心，哪怕它带来的生活会很清贫，我也愿意。

后来我去北京拜访了一位服装设计师，与她说了心中向往的生活，她批评了我，并对我说："人在年轻的时候就应该吃苦，就应该经过一番社会的历练。当你还没有资本去过自由的生活时，你就必须放下心中的幻想，脚踏实地去生活。一个写作者如果没有去读社会这本大书，他写出来的文字是浅薄的。"她的话惊醒了我这梦中人。

当你把写作当成一种习惯的时候，不管生活多么忙碌，你都能够为它空出许多时间。这源自内心的一种动力。

人生中真正的贵人其实是自己

我渐渐觉知到，每一次心灵的觉醒与认知的提升都来自人生中不同的贵人。他们用自身强大的精神内核指引着我，让我少走了许多弯路。

我曾问一位老师，"您人生中的贵人一定很多吧？"

他回答得很坚定："人生中真正的贵人其实是自己。"如果你不努力，不善良，不积极进取，你生命中的贵人就会离你越来越远，直至消失。后来我觉察到这些贵人的到来只是因着我的良善、勤奋，以及比同龄人多读了那么一点点书。因此，在保持内心素净的同时，我比以往更刻苦，也更珍惜每一次阅读书籍的时光。

许多人都喜欢我的眼睛，因为笑起来的时候会弯成一轮月牙。朋友们告诉我，爱笑的女孩会有好运气。但是我知道这还远远不够，人生真正的好运来自勤奋。

有人怕我这样年轻已经出书会轻浮起来，其实不是这样的，我反而因为它的到来而变得更加谦卑。因为我懂得这只代表过去，唯有静下心沉淀自己，多读书、多思考，才能写出更好的文章。

我受父亲的影响爱书成痴，每个月都会花上一半的生活费去购书。身边的人都劝我："如今谁还买书？看电子书多方便啊。"

我总会坚定地回答对方："我梦想着在未来的某一天，我会有一个很大的书柜，上面摆满了心爱的书籍。我习惯了在书上做笔记，也会将以前读过的书再反复读。电子书固然有它的好处，但我更爱纸质书籍。"

这个世界总有人会懂得你的坚持。

记得上学期间有段时间迷上了书画类的书，去书店一买就是一大摞，这类书籍大多是彩印，书价都不便宜，算一算得300元，但我眼睛眨都不眨就把钱给了。书店里熟识的店员姐姐说虽然自己是店里的员工，但看我一个学生如此破费去买书，也为我心疼钱。

走出书店后钱包干瘪，只能去路边摊吃碗面条了，但是抱着一摞书的我别提有多高兴了。面条上来之前的那几分钟里，我还忍不住翻开其中一本来细细读。得着了好书让我食欲大增,一碗面条连汤汁都给喝光了。

研究生期间的宿舍是四人间,上面是床,下面是书柜、桌子、衣柜。书柜的空间用完了,我便买了一个装衣服的大塑料箱,把书一本本叠着放在里面。后来再买书,大塑料箱都没空位了,就想办法排放在床铺挨着墙的那边,再后来,就直接往上面重叠加高。有一次我睡觉,也许是书没放稳的原因,手一搭,近边高高摞起的那堆书直接砸到了我的脸。那一刻,捂着脸的我在心里疾呼:"等我毕业后,一定要买一个巨大无比的书柜!"

有朋友见我时常买一大堆书回来就问我,"姐姐啊,这不是烧钱吗,你这么多书有时间看吗?"

我不回答,只是傻笑。

我当然不会告诉她每天晚上我不管忙到多晚,早上必须6点前起来阅读书籍。我读得很慢,因为一边读也会一边做笔记,灵感涌现的时候拿着手机都能写一段。

每天上午如果不是有很重要的事情,我一般不会出门,有时候手机都会调成睡眠模式。其一是害怕打扰,其二是担心自己没有自制力,一开手机便会情不自禁地去浏览各种信息,这样宝贵的早晨就会在不经意间被荒废掉。省下来的时间我只愿读书写文章,做的读书笔记比当年高考时还认真。这才感受到书中写过的一句话:**热爱是最好的老师,只要你热爱一件事情,你就会激发出无限的潜能。**

幸运的女孩,除了爱笑以外,她还有一个美丽的梦想,以及一颗为了实现梦想坚定不移的心。

写作，是上天送给我最珍贵的礼物

人生的前20几年，我时常是自卑的。自卑自己长得不够漂亮，自卑自己说话结巴，自卑自己成绩不好，自卑自己不聪慧，缺乏逻辑能力与思辨能力。

我学过画画，可我画不出一幅属于自己的作品；我学过设计，可我依然会被别人嘲笑作品毫无设计感；我学过钢琴，可我现在连《梦中的婚礼》都忘记了指法；我学过爵士舞，可我记不住一支舞曲完整的动作；我学过播音，可我还是分不清鼻边音；我学过书法，可我的字依然笨拙。我知道我没有把学过的东西学好学精，是因为我把所有的热情都给予了同一件事——我的文学梦。

唯有写作让我找到自信，即使我的第一本书还很稚嫩，即使我还没有老练的文笔，即使我的底蕴还不够深厚，即使我读过的书屈指可数，可是我知道我是在用整颗心、整个生命的热情来写作。写到这儿，我的眼泪一滴滴地落满了脸颊，我知道，这份爱早已深入骨髓。你若深深爱过一个人，一定会感同身受我心中的这份深情与执着。

我的心里装着许多故事，许多构思，许多想法，我唯觉时间是最珍贵的，有了时间，我便可以将这些灵感像泉水一般慢慢地溢在笔尖。我在台北的中国文化大学研修的那四个月，没有写出来几篇成型的文章，却写了整整一本的手写日记，回大陆之后朋友帮我把这些手写字输入电脑中，已是6万字。这些手写文字，对于热爱生活，热爱写作的我来说，如此珍贵，是一颗一颗散发光芒的珍珠。

如果人生是一棵生长的大树，对我而言，写作就是埋在泥土里的树根，绘画、设计、摄影、旅行、恋爱、工作都是枝干与枝丫，每一天的欢喜与哀愁都是一片片树叶。每一部分都会给予树根源源不断的养分，树根亦会把来自天地的能量传输给每一根枝丫，每一片绿叶。

成长，是时光赐予我们最珍贵的礼物

一年有一年的欢喜

父母在电话那头问我，"生日了，想要什么礼物？"

按照往年的习惯，在我生日的时候，父亲会给我送有价值的书籍，母亲会送给我漂亮的冬装。记得在幼年时，我还一度失望于自己的生辰之日在冬天，我多么希望是在夏天呀，那样我就可以收到漂亮的裙子了。小时候，两条裙子就穿了好几个夏天，是那样难得而珍贵。

母亲补充道，"你前阵子不是说电脑坏了，要重新买电脑吗？"

我着急了，"你们什么都不用给我送，书呀、衣服呀、鞋子呀，这些东西我都可以自己买。一台电脑好几千元，你们在小镇里攒上几千元要很长时间，我现在在大城市工作，很快就能挣到。不要把小镇里挣的钱放在大城市里用，不划算呢。"

我转念一想，笑着说，"要不，你们给我寄一封手写信吧，这就是我最想要的礼物了。"

大学期间，我与父母一直保持着手写书信的来往，每一次收到家信，我都会泪流满面。信中满是对我的关怀、鼓励、指引，每一封信必会提醒我要早睡，熬夜对身体不好。父母在信中写过，他们最大的心愿不是女儿有多大的成就，不是嫁给高富帅，不是出版多少书，而是平安幸福地生活。

26岁这年，我懂得了去心疼父母，并且知晓了，精神上的关怀远比物质上的给予更让儿女在意。这一年，我的角色从学生转向为老师，这样一种社会角色的转变让我有了更多的责任与担当。

刚开始给学生上课的时候，我的声音很小，毫无站稳讲台的气场。在一群大孩子面前，我反倒成了最羞怯的那一个。为了提升授课能力与讲说技巧，我认真准备每一堂课，把每一次上课都当作锻炼自己的平台。

我并不自卑，因为我相信超越自己只是需要时间，更重要的是，我真心喜欢台下的学生们，他们明媚的笑脸、纯净的眼睛使人欢喜。相比去社会的森林中披荆斩棘，我更愿意每一天都面对着这一片片干净的湖泊。

一个学期下来，我用自己的能力站稳了讲台，连教学督导也称赞我进步特别大。一份努力后获得认可的踏实，是比蜜还甜的欣喜。

教师这样一份职业，工作任务并不轻松，备课、授课、批改作业已占据一天中的大部分时间，回家之后还需要继续学习，从各方面提升自己。我认为自己是幸运且幸福的，因为教师有寒、暑假，几个月的假期我可以去想去的地方，这让许多从事其他职业的朋友羡慕不已，即使他们攒下年假，也不过十几天的休假时间。我曾在旅途中遇到过很多为了一次说走就走的旅行而果断辞职的行路人，但当时作为教师的我大可不必如此。

在研究生毕业之前，我也曾这样天马行空地幻想过，毕业之后我就去走天涯，一边旅行一边书写，过着阳春白雪的日子。这个幻想却被母亲扼杀在了摇篮里，她说，"不说父母吧，就说国家把你培养成研究生，你毕业之后不尽力去为社会做贡献，你觉得心安吗？"

我当时心里很不服气，这世上还有职业叫"旅行家"呢！

现在想来，幸好听了母亲的话，走出校园之后才发现生活不仅仅只是风花雪月，还有柴米油盐酱醋茶。我除了继续坚持"写作梦"外，还需要养活自己，并且要为一个家庭付出自己的那份担当。

回想起来，当时也很热爱自己所从事的教师职业，它可以让我实现大冰书里的一种生活状态"既可朝九晚五，又可浪迹天涯"。

披荆斩棘追寻梦想

我18岁离开湘西老家，此后八年时间一直在大城市为了心中最初始的梦奋斗着。从四川达州到陕西西安再到台湾台北，最后再回到西安。只身一人，靠着信念在大城市摸爬滚打地生活。性格里与生俱来的怯弱也让我吃过苦头、摔过跤、误入过歧途、陷入过黑暗，跌跌撞撞一路向阳走着，依旧用一张笑脸去面对一切。

哭泣的时候总是一个人躲在被窝里，难过也不会给远方的父母打电话倾诉，唯恐让他们担心。到后来也不哭了，再难再怕的时候狠着心咬咬牙也就过去了。年龄的增长让我逐渐懂得，不管自己选择怎样的生活，都不许后悔，要用一颗渐趋强大的心去应对一切。

内心有了如同果核一样坚硬的存在，披荆斩棘只为保护里面那个柔软美好的梦想。

每个月发了工资，我会在第一时间把一半的薪酬汇给父母，我可以少买几件衣服，减少一些不必要的应酬，因为我知道父母收到汇款的时候会是欣慰的，钱本身并不重要，我知道他们不舍得花钱，更重要的是我想让他们知道女儿是有能力的。

余下的工资除了基本生活外，我还会用于学习，不断给自己"充电"。学习英语、钢琴、化妆，每一样都需要支付学费，算下来已是一笔不小的开支。我一直觉得，一个女性在学习上给予自己的投资才是最长远最有效的，美貌会随着岁月更迭，但是自身的才华与能力却会像珍珠一样，在我们的生命状态中散发出越来越闪亮的光泽。

为了让自己有足够的资金用来"充电"，我在工作之余还做设计、拍摄、写稿。因为靠着自身的能力去挣钱，每一分钱自己都花得底气十足，但这份自豪背后却是要付出比常人多许多倍的辛苦与勤奋。

蕊姐是我拍摄的第一位客户,其实她自己以前就是摄影专业毕业的,毕业之后曾在影楼工作过很长时间,有了孩子就成了全职妈妈。她说,找我为她拍照,是因为我就是她想要成为的那样的人,她现在无法实现这些旧梦了,所以一定要支持我,这样的信任与支持让我倍感温暖。

我带着她去终南山,她的女儿也来了,我为她们拍了亲子照。女童说,"妈妈,长大了你还要为我编辫子。等你老了,我还要在你身边,到时候我给你编辫子好吗?"她们眼神对望的目光里,是满满的爱。我的心灵时常在这样镜头捕捉的片刻里被触动。

每一天,我都在工作与学习,忙碌且欢喜地度过。有很长一段时间,我都是工作到凌晨1点,眼睛实在睁不开了才入睡。清晨5点又继续起来学习英语,开始一天的生活,平均每天只睡4个小时。也是因为持之以恒的狠劲,我在西安这座历史古城拥有了一片自己的天地。

我的第二本书《当茉遇见莉》由作家出版社出版了。我的文字被更多的人喜欢,我的摄影得到了越来越多人的肯定,我的公众号被更多人关注,我的名字——李菁被更多人知晓……我时常收到读者的留言,字字句句都是心疼与感激。原来,我对梦想的执着、对生活的热爱在潜移默化中感染了许许多多的朋友。

在尚且稚嫩的年纪,我幻想着自己能成为一名写作者,或者成为一名教师。当这些梦都实现的时候,我才明白,<u>一个人存活在这个世界的价值,不仅仅是完成自己的梦,而是要去帮</u>

助更多的人一起追梦。

时间走得太快,我还没有停下来看看人生这趟列车外的风景,就已经长成大人了。

成长,意味着我们有了更多的责任担当,也会有更多的酸甜苦辣要尝,但是也会有更多不一样的幸福体验。

这些都是时光赠予我们最好的礼物。

时光让你成为自己

烟火气息最抚心灵

清晨,生日祝福信息像鸽子一样涌入我的眼帘,内心被爱涨满,仿佛要溢出来。我推开窗子,青山掩映在云烟中,云霞淡淡,酷似少女脸上淡抹的胭脂。

父亲与母亲正在厨房为我的生日忙碌着;小镇里要好的闺蜜正走在来为我过生日的路上;我和爱人闫闫在院子里看一地的绿色蔬菜,院子一角的梅花树开始吐露芬芳……

高大的香樟树上,不时有鸟雀在欢腾着,啾啾啾,清脆悦耳,仿佛在为我唱着一曲生日歌。

在最美好的年华,回归故里,有父母、爱人、闺蜜相伴,平安喜乐,每日能呼吸到新鲜的空气,能吃到自家院子里的天然蔬菜,能和一群志同道合的朋友一起做着一份有意义有价值的事业,日子像是被灿烂阳光照耀,有着看得见的明亮与澄澈。

一切都那么美好,美好得仿佛置身于童话里,可是,这又是实实在在的幸福。

这是我亲手挣回来的幸福。

我心里无比明白,这一切是怎么来的。那些走过的弯路,埋头吃过的苦,流过的泪,造就了如今的自己,如此才有了此时此刻的美好。这好,是得以与心爱的人在挚爱的地方,过着无比幸福的生活。这样的生活一定是慢且美的,是随心而往却又最贴近内心的,是能够触摸得到生命本真的。

当下最美,只因有你。

过去的一年我一直在路上。除了旅拍,还采访了一些过着理想式慢生活的伴侣,他们都有一个共同点:去喜欢的地方,过喜欢的日子,携手最爱,鹣鲽情深。

为着这份爱和美,我千里迢迢坐飞机、坐高铁、坐火车、坐大巴去采访这些伴侣,为他们拍照,倾听他们的故事。终南山、云南束河古镇、云南腾冲和顺古镇、湖北洪湖、甘南藏族自治州郎木寺小镇……这些地方都留下了我的足迹。

我骨子里是向往这种理想式慢生活的,因此,我想用自己的文字与镜头记录下这些美好的故事。

总会有人为你而来

这个世界是真的有吸引力法则的。也许是我走遍千山万水去收集这些动人的故事触动了上天,也许是上天听到了我内心的声音,2017年年底,在我离开西安、回到故乡湘西浦市古镇生活不久,我就拥有了自己在浦市古镇的第一家民宿——遇见美宿。更让我惊喜的是,我遇见了生命中的他——闫凌,一个土生土长的北京人,却愿意为了呵护我的梦,离开北京,奔赴我的故乡,陪着我,一起经营我们的民宿。

一位读者说,你一定要将你与他的爱情故事写进这本书,闫凌才是不远万里,为你而来呀。

是啊,他为了我,不远万里,为什么呢?

因为我们有相同的人生观、价值观、爱情观。

我们都勇敢做自己,不人云亦云,相比较于社会上一贯衡量一个人成功的标准——财富、名利、豪车别墅、名牌,我们更重视一家人是否平安健康,对我们而言,能过上自己理想中的生活就已满足。

举个例子,如果我们有一笔闲钱,第一个想法绝不是给家里买一辆好车,而是计划着怎样用这笔钱去更多的地方牵手旅行。我们的共识是,精神上的富有更能带给心灵的丰盈与喜悦,也更能增加生活的幸福感。

2017年,我不仅收获了爱情,事业也蒸蒸日上。因为笔耕不辍,我成了千万粉丝公众号"十点读书"的签约作者,每次在"十点读书"上发文章,就会收获许多粉丝。有一次我的一篇文章《做到这5点,我从负债十几万到实现财富自由》在"十点读书"发布后,我的个人微信增加了700位好友,我的个人公众号"遇见李菁"增加了近2000名读者。

只要你朝着一个方向不断努力,就会突破人生的局限,遇见更多的同路人。

同年10月,我的新书《你的人生终将闪耀》在全国面市了,这是一本励志随笔集,我用最真实的笔触跟大家细细地阐述了我如何从一个自卑的小镇女孩，蜕变成现在时间与财富都自由的励志姐的人生历程。这本书激励了无数人，许多读者在看完书后给我留言，告诉我，她们因为书中的文字找到了追梦的动力。

梦想是一个多么美丽的词，可是如果不追，她终究只是挂在天上的月亮，只能远远观望，永远遥不可及。如果你去追了，哪怕踮一踮脚，伸出手掌触摸，或许她就有可能变成你手里的花，美丽而灿烂，只为你盛开。

在 16 岁年少轻狂的年纪，我已然爱上了阅读与写作。我不断地写着，青春期的忧伤让笔下的文字充满了哀愁。那时候自卑怯懦的我绝不会想到十几年后，自己可以成为一名青年作家，文字可以变成铅字，变成一本本畅销书，拥有成千上万爱我的读者。

现在的我只写有温度、有能量、有光芒的文章，因为苦痛、磨难、挫折、恐惧、眼泪是人生常态，无人能幸免，既然避无可避，我们更应该鼓起勇气去面对，与命运交战。我不要再伤春悲秋，不要再在阴暗晦涩的文字中游弋，我要写的文字，一定是能让自己，让阅读者更快乐、更阳光、更积极、更热爱自己、更热爱这个世界的。

这是我对自己的承诺。

此生愿做美的记录者

我一向爱书如命，在旅途中也会时常翻阅一本喜欢的书，高铁车厢、飞机机舱、火车候车厅，我都会如饥似渴地阅读。

阅读让我找到自己，并且成为自己，我会在书中遇到许多与我相近的灵魂，他们做的事正是我渴望去做的，他们看世界的思维正是我所缺乏的，他们书写的话语正是我想要表达的。

在阅读的过程中，不分国籍，不分年龄，不分性别，也不分时代，不分种族，甚至不分你是富有还是清贫，你可以通过文字与作者促膝长谈，成为知心人。

书籍是一把钥匙，而我正是通过这把钥匙，打开了了解全然不同的世界之门。

有读者留言给我，在火车上翻阅我的书籍，看到我写的文字，她的心灵在那一刻被打开。

这种感觉，是很奇妙的。你在阅读中获得一种心灵的加持，结合着自己的经历与见闻用文字表达出来，然后印成铅字，成为一本本书，传递到更多人的手中。读者通过阅读这本书，感应到了你曾经感应到的力量，听到了自己灵魂深处清澈有力的声音。文字就是这么奇妙，它通过一本本书，向阅读者传递它蕴含的精神核心。

2019 年，我的一本摄影文字集出版。这本书收录了我这几年在旅途中拍下的照片，给一些心灵有质感的美人拍下的照片，还有美物美景，书名为"向美而生"，里面百分之七十是摄影作品，百分之三十是我写下的一些细碎的文字。这本书已由北京时代华文书局出版。

别人问我，你是作家还是摄影师？

其实我更愿意成为一名美的记录者。无论是图片还是文字，我都愿意传递给读者更多的美意。

可是这美意，难免涂上一抹艰辛。

因为长期伏案写作，我在2017年被查出患有颈椎病与腰椎间盘突出，这让我不得不放慢了自己的脚步。病痛让我更加懂得了健康的重要，我开始爱自己，早睡早起，不再熬夜，每隔一个小时我会放下手中的书与笔，站起来锻炼。

有时候疼痛难忍，我不得不在颈椎与腰部贴着膏药贴伏案工作，朋友们有时候会打趣笑话我，怎么20几岁的姑娘就把自己折腾成了老太太的模样，人家老太太也比你精气神好呀。

这时候我总会低着头笑而不语。如果她知道我从高一开始就日复一日低头画画，如果她知道我艺考阶段经常画到凌晨3点，如果她知道我一本本书，一篇篇文章，一个个铅字，都是我十年如一日，好似农人耕地一般耕耘出来的，就会理解现在的我。她一定会心疼地抱抱我，然后轻拍我的后背，温柔地说，没关系的，你还年轻，只要你现在开始爱惜身体，注重健康，一切都还来得及。

是的，我总是这样一遍遍地鼓励自己。

写到这里，眼泪像珍珠一样落了下来。是呀，此时此刻，我已是最幸福的人了，身体上的一点疼痛只是暂时的，它们的存在只是为了提醒自己——你要爱自己。爱自己的身体，爱自己的梦想，爱自己的亲人，让爱如月光一般照亮自己回家的漫漫长巷。

时光让我成了自己，面对理想，坚韧如磐石；面对爱人，温柔如云絮。只要日子还在翻新，我的灵魂就不会沉睡。她会伴着山风、鸟鸣、植物拔节的声音，蹁跹起舞。

理想生活需要规划

2017年,我实现了自己人生的理想生活状态。

当"遇见美宿"出现在我挚爱的故乡湘西浦市古镇时,我实现了民宿主的愿望。它的火爆程度远远超出我的预料,短短几个月竟成为当地极具影响力的民宿,经常是一房难求。有人评价"遇见美宿"是一家充满古典美意、风情诗意和文化气息的民宿。

嫁给爱情。闫凌的出现,让我找到了灵魂伴侣,嫁给他,嫁给了爱情。我和他,和父母在浦市幸福栖居,暖心相伴。

实现初衷。即将在全国出版人生中的第四本书,实现成为一名自由写作者的梦想,始终笔耕不辍。

成功减重。成功减重30斤之后,体形更加匀称,身体更加健康,内心更加丰盈,整个人充满了激情和力量。

似乎不觉间,我已经蜕变成了一名物质与精神都相对独立的女性,但我深知,这是十年如一日的拼劲与韧性成就了今天的自己。我爱现在的自己,爱此刻拥有的理想状态——穿花问书，向美而生。

想想十年前的自己，只是一个自卑的小镇姑娘，十年之后我能活成现在的样子，拥有很多人喜欢的一种状态，原因是我做了一件很重要的事，即规划人生。

《一生的计划》这本书里写过这样一段话："勤奋的人终将获得成功，金钱也会随之大把大把地洒落到成功者的手上。成功并获得财富是一个艰辛的过程，它不会白白得来。"

的确，为了此刻理想的生活，我一直行走在奋斗的路上，不敢止息。28年里，我付出了太多太多的努力，投入了大量的时间和精力。

十年绘画与艺术设计知识的积累；

五年摄影的钻研与实践；

十年伏案阅读与写作的耕耘；

四年个人公众号的运营与三年社群平台打造的人脉储备……

所有的努力都可用年轮计算。

一个人若想活出理想状态，就需要规划好自己的人生，厚积薄发，没有人能轻易手拿大把的面包又怀抱诗意的远方。

许多读者向我诉说心中的疑惑：生活得浑浑噩噩，心里特别茫然，不知道未来的方向在哪里。他们渴望成功，渴望活出自己，渴望拥有理想的人生，可是他们不知道如何去做。而我给他们的回答永远都只有一个——学会规划你的人生。

在这个世界上，人与人之间有许多差别：种族、出身背景、文化层次、成长环境等，但是我们却拥有同样的一件礼物——时间。你的时间倾注在哪里，你就会成为怎样的人。

我渴望自由，渴望去做内心执着热爱的事情，所以我从十年前就学会了规划自己的人生，十年之后，我离人生的终极目标又近了一步。

要想实现人生的目标，最基本也是最重要的一点是：要有一个长期的、有效的、切合实际的自我规划，这是我们人生之旅的地图。

如何做好人生规划呢？

制订人生的阶段性计划

人生有了规划，确定方向之后，就是制订计划。

我给自己的计划分为：每日计划、每月计划、每年计划、终极计划。

每天睡前写下第二天的计划，这样每天叫醒我的就不是闹钟，而是要实现的一个个目标。哈佛大学管理学专家将我们每天要做的事情，按照轻重缓急的程度，分为四个层次：既重要又紧迫的事情，重要但是不紧迫的事情，紧迫但不重要的事情，不紧迫也不重要的事情。在我们列每日计划时，可以按照这四个层次来处理每天的事情，这样，我们就能有效地利用好时间，工作效率也会提高。

我的第一要事是读书写作。每当清晨的微风唤醒大地，整个人都会像刚睡醒的栀子花一样，莹润清芬，精神且明亮。于我来说，这是黄金时间。每天早上 5 点 45 起床之后，最先的去处就是书房，看书、写书，雷打不动。合理地安排时间，把最大的精力投入最重要、最有效的工作中去，这对一个渴望在工作中有卓越表现的人来说极其重要。

每月计划中写下自己这个月需要读的书单，需要写的文章主题。

每年计划中写下这一年已经签约、需要写的几本书稿。

如此循环反复，滴水石穿，我才有实现终极计划的可能。

在规划人生时，我会考虑到许多不确定的因素，所以设立的每一个目标都会确保它的可行性，不会盲目跟风，也不会好高骛远。只有每一步路都走得脚踏实地，才会走得更稳，哪怕慢一点也没有关系，我们自己可以静心去反思，去欣赏人生路上沿途同样很美的风景。

然而，我也发现，计划常常赶不上变化。我需要在变化中适时调整计划，在变化发生时及时有效地作出应对。

以前我总认为，从早到晚都能坐在书房里读书写文是乐趣所在，但是直到我出现严重颈椎病的时候才恍然醒悟，逐梦的过程中不能忽视身体健康。所以现在我每天伏案写作的时间，从以前的八小时调整到了每天两小时。这里也提醒亲爱的你，健康是我们在实施计划时应该考虑的一个重要因素。

让行动成为浇灌果实的雨水

俄国作家克雷洛夫说："现实是此岸，理想是彼岸，中间隔着湍急的河流，行动则是架在川上的桥梁。"所以，当我们有了方向与计划后就要马上行动，要不然梦想永远都是水中花，镜中月。

当我在心中明确了当一名优秀作家的理想之后，我在计划中始终将这件事放在重要的事情之列，并且一步步去践行。

给自己的理想投资

我的恩师雪小禅老师曾说过，"没有读过1万本书，不要想当一位作家。"因此，我深知阅读对于写作的重要。我从读大学开始就有了买书的习惯，每本书都是省吃俭用买下的，这个习惯一直保持至今。如今，十年过去，我的藏书已有万册，它们就像珍宝一样藏在我的大书房里，这是我最最怡心养性的"风水宝地"。

书买回来后并不是装饰与摆设，我会按计划去读书柜里的每一本书。白天的时间难免会被各种工作和事情打扰，所以我把看书的时间放在早上起床后，这样不管每天多忙，都能保证自己有一段安静的阅读时间。

买书是我的知识投资，还有一项更重要的投资，即时间。当我在校当学生的时候，白天忙于学业，我会坚持每晚写到凌晨3点；当我的身份转变成一名教师的时候，白天忙于教学，我会坚持每天凌晨忙完教案之后接着写文；当我成为一名自由职业者的时候，我把清晨与上午的黄金时间给了写作，其他的事情我会安排在午餐之后再做。

我为写作投入了十年的时间，并且我在践行这件事时，心里充满了快乐。这份快乐源于内心对理想的热爱与执着。

创造一个适合自己的环境

2016年，我辞去大学教师工作，成为一名自由职业者，支撑我做出这个选择的动力就是想要有更多时间来创作。

当大学老师不好吗？

当然好。只是我清晰地认识到，自己的人生方向不在这里，繁重的教研与科研任务会束缚我，影响我的人生规划。人的一生很珍贵，应该专注去做自己真正擅长并热爱的事情，而且，写作也可以成为另一种形式的教育。当我的文字印成铅字，成为一本本带着能量的图书时，传播出去能影响不计其数的人。

在大城市生活不好吗？

当然好。只是我知道，小镇的慢生活会更适合自己的心性。家乡的天空、田野弥漫的清新空气会让我更为舒畅，陪在父母身边看日出日落会更让我心安。回到小镇生活的这两年，我的心不再像之前那样浮躁，渐渐趋于沉稳安静。心静才能写出更好的作品，文字里开始有了自然之音：流水声、风声、鸟鸣声；也有了不可小觑的光亮：月光、星光、萤火……更有了希望之光。

职业的选择，地域的选择，其实并无好坏之分，而选择的风向标是适合自己的。我一直相信，一朵花要选择适合自己的土壤，才能绽放璀璨夺目的光芒，散溢沁人心脾的芬芳……

融入时代的心跳，顺势而为

2008年至2013年，大家都喜欢在QQ空间写日志，我也不例外。我会经常在QQ空间里更新文章，并且每一篇都写得很认真，每次发布之前都修改很多遍。那时候我就意识到，写文章不能自说自话，需要有"利他思维"，就是得言之有物对别人有帮助。

因为写得认真，经常更新，我的 QQ 总浏览量在那几年累计几百万次，文章的质量和数量都有了保障和积累。

当我读研一的时候，一位出版社的编辑看中了我的文字，后来就有了我人生的第一本书《见素》。

有人曾问过我，凭什么在那样年轻的时候就在全国出版自己的第一本书？

我的回答是：因为十年如一日专注地做这件事。

2014 年，微信公众号兴起，我马上开设了自己的个人微信公众号"吧啦原创文学"，我召集了几十名文字爱好者一起编辑这个公众号，做到日更。2018 年，这个公众号已经运营了四年，后来又改名"遇见吧啦"。那四年，我们没有一天停止过更新。当身边的朋友开了公众号做了几天就不了了之的时候，我依然带领着编辑团队始终坚持初衷。

后来，我发现在一些大的自媒体平台发布文章，可以让更多读者看到我的文字。我认真研究不同平台的风格与调性，写了许多文章投稿给编辑，很遗憾刚开始都没有被选中。可是凭着坚持与用心，我的文章开始被"视觉志""十点读书""有书"等千万级的公众号首发或转载，并且成为超 2600 万人订阅的国民读书大号"十点读书"的签约作者。许多读者通过这些平台找到我，成为我的支持者。

我的书《当茉遇见莉》《你的人生终将闪耀》陆续在全国出版，摄影文字集《向美而生》也在 2019 年 1 月面世。我成了毛泽东文学院的一名学员，《湖南日报》报道了我追求理想的故事，中央人民广播电台对我进行了专访，全国各地的书店、图书馆纷纷邀请我去做分享，许多出版社的编辑找我约新书书稿……

虽然我还未成为有影响力的作家，但是我为热爱而活，为理想而活，渐渐活成了自己喜欢的样子。

在平衡的生活里找到理想的人生

健康是所有幸福生活的基础

古语有云："日中则昃，月满则亏。"健康的生活都有一种平衡的存在，平衡是亘古不变的话题。

著名投资人吉姆·罗杰斯数年来不管多么忙碌，始终保持着每天坚持运动3个小时的习惯，他深知健康的重要性。

然而在我们的身边，有很多人，为了实现目标，忽视了自己的身体健康，比如熬夜完成任务、应酬酗酒、三餐不按时、长期伏案工作不运动……

曾经我也是为了实现梦想、轻视健康的人：熬夜写文、不控制饮食、久坐不动、从不健身……十年如一日地透支自己的身体，直到2017年秋天，我的身体完全进入低谷期，日日与身体的病痛作斗争，这才意识到，健康永远都是第一位的。

后来，我每天晚上11点前就入睡，天大的事都不再熬夜，合理安排饮食、练瑜伽、做各种运动，寻找生活的平衡点……现在的我身体已经恢复了健康，体检各项指标都正常，但是我依然不敢有半点疏忽，因为保持身心健康，是自己一辈子都要去做的功课。

找到对的伴侣，你的人生会倍加美好

许多人事业有成，但是遇人不淑，婚姻不幸，幸福指数就会减半，如果能找到你的灵魂伴侣，你的人生会倍加美好。

朋友 L 给我建议，"如果你想成为卓有成就的女作家，就不应该结婚，婚姻会束缚你。"

我很平和地说："如果非要在写作与幸福的婚姻之间选择，我会选择当一个幸福的女人。"我一直相信，只要我成为更好的自己，就会与灵魂伴侣相遇。

也许是我的初心感动了上天，2017 年 9 月，我真的遇见了自己一生的挚爱——闫凌。

2018 年的 9 月 15 日，我们在浦市古镇举行了盛大的中式婚礼，我嫁给了对的人，幸福满溢……

所谓对的人，就是三观一致，彼此视若珍宝。

拥有了幸福的婚姻生活后，我的文字并不像朋友 L 说的那样，因为缺乏孤独感而索然无味，反而，我的文字变得更温暖，更有力量。

很多读者告诉我，我的文字和我这个人像一道光一般，照亮了他们人生的路。

将日子过得简单纯粹，随心的文字亦能够美好如诗，就是我的理想。

亲爱的，如果你在爱情的路上面临坎坷，请不要自暴自弃。去了解自己对爱情的信念，洞悉灵魂的本质，让自己更丰盈，拥有更多爱的能力，你就会遇见那个对的人。

你要知道，灵魂伴侣不是找来的，而是吸引来的。

在人生规划中踏实且起劲地过好每一天

即使我已经实现了诸多理想,即使我此时的生活是千万人正在渴望的,但是我依然一刻都不敢懒惰与松懈。因为我知道自己离人生的终极目标——成为一名有影响力的优秀作家,还有很大的差距,我还要以一颗沉静坚韧的心去走很远很远的路……

没有谁的一生是完美的,扬帆远航的过程也不会一帆风顺。我们需要做的,就是以积极乐观的心态去面对每一个日升月落,潮涨潮落,尽心尽力去为热爱而活,为人生奋斗,不负年华,不虚此生。

理想为你提供了改变命运的机会,也能带给你实现生命价值的动力。每个人的一生都很珍贵,愿你也拿出纸笔,去绘制一张属于自己的生命蓝图。

亲爱的请记得:在人生规划中踏实且起劲地过好每一天,欣赏自我,重塑自我,你也会拥有理想的生活。

第四章

精进自己：
不争第一，
只做唯一

懂得保持"平衡"的人，才能过上理想生活

2019年12月，我作为湘西的优秀女性代表，参加了湖南省第十三次妇女代表大会。我不禁在心里为自己鼓掌，因为我用15年的努力让自己从一个小镇的自卑女孩，成长为一名有自信、有能量、有社会价值的新时代独立女性。

岁月让我明白了一个道理，只有在生活中认真保持"平衡"的人，才能过上理想的生活。

工作与身体的平衡

我在《守住：活出最好的自己》这本书中写过，十年熬夜奋斗让我的身体在2017年出现了低谷，濒死感、失眠、心慌、心跳加速、晕眩……生活给我上了很沉重的一课：只有平衡好工作与身体，才能拥有更美好的未来，否则一切都会戛然而止。

我用了两年的时间去调理身体：早睡早起、合理饮食、适

当做有氧运动……现在我的身体已经康复，一天比一天健康。所以我总是在心里感激上天，让我在年轻的时候就体悟到了，健康才是人生幸福的前提。

更让我庆幸的是，我的爱人也很注重身体健康，他从不熬夜工作，热爱运动，这些好习惯也在潜移默化中影响着我。我们作息规律，每晚 11 点前必定睡觉。

日常生活中，他总会一遍遍地叮嘱我，身体比工作更重要。因为我是一个工作狂，有时会工作到忘我。而在他看来，工作是永远做不完的，身体健康却需要精心呵护，每一天都不能忽视。

他每天都会对我说一次"我爱你"，但是对我说得最多的情话并不是这三个字，而是记得喝水，做颈椎操，运动，少吃甜食……因为他的监督、我的自律，我成功瘦身 30 斤，身体状态变得更健康、更轻盈，颈椎病很少再发作，抵抗力增强，2019 年全年都极少感冒咳嗽。

2019 年秋天，我外出参加培训，爱人闫凌也陪着我一起去了。我在酒店的会议室上课，他就在酒店房间里忙自己的工作。我们从相识相知到相爱，总是陪伴在彼此身边，在我们看来，最美好的爱情就是细水长流的陪伴。

在这次培训结课的前一天晚上，授课老师让我们做 PPT，准备次日的考试。晚上 10 点，大家仍在奋斗，很多人准备熬夜奋战，这时候我接到了闫闫打来的电话，他在电话那头让我回房间睡觉。想着我的任务还没有完成，就让他再等等，等我做完就睡觉。但是那一刻他用了几乎是命令的语气对我说：

"下来睡觉,你的身体不允许你晚睡,不允许你熬夜。身体比任务更重要!"

我说,我就晚睡这一次。

他的语气很坚决,一次都不行!

最后,我还是听从了他的建议,乖乖回房间睡觉了。

次日我早起做完了PPT,并且获得了优异的考试成绩。其实,当我们面对一项急需完成的任务时,不一定非得熬夜完成,还有另一种方法——用早起替代熬夜,花的时间差不多,但是对身体的利弊却立判高下。

2019年11月27日,一位艺人在录制节目时猝死,整个微信朋友圈都是对他的惋惜。35岁的美好生命,就这样消失了。那天晚上临睡前,我和闫闫自然而然地谈到了这件事,他问我,"如果让你熬夜工作一晚上,你会因此挣到一千万,你会怎样选择?"

我犹豫了一下,毕竟是一千万。想想熬一个晚上,第二天再补觉未尝不可。

我反问他的选择。

他的声音如此坚定:"假如熬夜让我失去健康,给我一个亿,我都不会这样做。因为我知道,身体健康才是自己最大的财富。"

接着,他搂住我,无比深情地说:"此生我最大的心愿就是与你健健康康地活下去,活得更久一些,相伴得更久一些……"

那一刻,心里对他充满了爱与感激。他是我的人生伴侣,也是我的人生导师，让我无时无刻不在提醒自己，身体健康才是生命中最珍贵的那部分。

爱好与事业的平衡

我一直梦想着将写作这项爱好变成事业，因此放弃了绘画这项学了七年的特长，放弃了平面设计这门学了七年的专业，甚至放弃了高校教师这份光鲜的工作，只为一生只做写作这一件事。

可是梦想很丰满，现实很骨感。我虽然每年都在出版新书，但是所得版税仅仅只能满足我的温饱需求，所以我转而用自己另一项专长——摄影去挣钱。我除了接拍写真，还在网络上打造了一个摄影梦想课堂平台，给全国各地的朋友教授摄影美学知识。

之前我既开设单反美学课程，又开设手机美学课程，每次开课都把自己弄得很累。2019年，我做了减法，只开设手机美学课程，因为我能觉察到手机摄影是这个时代的趋势，现在的手机像素很高，每个人随时随地都有拍摄需求，手机的轻便，也方便随时上传社交平台。

结果证明我的选择是正确的，前面八期每一期单反与手机班学员，加在一起只有100多名学员，第九期我放弃了单反班教学，手机班学员已达到了300多名，收入也多了几倍。

我用摄影梦想课堂这份事业养活了写作梦，至少我现在每年都可以写自己想写的书，不会因为金钱的压力去写言不由衷的文字，也获得了更多和爱人出国旅行的机会。旅行也是积累写作素材的方式，让我的文字创作与摄影创作都有了提升。

2019年，我一直在摸索如何在这个互联网时代打造自己的个人品牌，我报名了几位大咖老师的个人品牌训练营，三位大咖老师一致的建议是，我现在的人生定位应该是手机摄影美学导师，而不是作家，但这并不意味着我要放弃写作，因为我的书籍作品恰恰可以传递我的思想，扩大我的影响力，让我在个人品牌打造上有核心竞争力。

个人定位可以随着时间的变化而变，每个人生阶段都有适合自己的路。虽然此刻我的定位是手机摄影美学导师，但是这并不影响我去描绘更为广阔的人生蓝图。

29岁这年，我把摄影梦想课堂当作自己的事业，规模逐渐扩大，除了自己开设手机摄影美学班，我还签约了多名摄影师成为授课老师，开设了更多不同门类的摄影班，目前已经帮助了5000多名想要学摄影却找不到方法与平台的人。我在助力自己的同时也帮助了他人，不仅依靠才能与智慧养活了写作梦，养活了自己，养活了家人，还养活了一个团队。

有很多朋友好奇，你不是民宿主人吗？民宿不是也很挣钱吗？但是现实很残酷，据相关数据报道，现在国内有95%的民宿都处于亏损状态。我是做了民宿之后，才知道诗意栖居背后所面临的窘境与需要承担的责任。

民宿淡旺季非常明显，就像我的"遇见美宿"，在旺季生意非常火爆，周末的客房常常是一房难求，但是淡季就很冷清了，有时候一个星期都没有一位客人。总体来说，收支刚好平衡。为了让美宿更有生命力，我还定期邀请一些作家朋友来举办文艺沙龙、雅集，使得民宿成了一个传递美好与正能量的线下平台。如今，"遇见美宿"已经成了浦市古镇的文化地标，也成了网红打卡地，很多人来到这里，都会在"遇见美宿"的门楣下拍照留影。

民宿生意的好坏，有时候不是靠一己之力就行，还受各方面因素的影响，比如交通是否便利，天气的冷暖，当地旅游业态是否完善等。

目前，民宿没有带给我物质上的富裕，但是却带给了我精神上的丰盈。我因为做民宿锻炼了自己的管理能力、沟通能力、表达能力，也在民宿结识到了天南海北的朋友，听他们讲四方的故事，个人的人生见解，让我对人生有了更多的感悟。

其实，我做民宿的初衷就是想要借由民宿，去推广自己的家乡湘西浦市古镇，为家乡的旅游业贡献一份力量，事实上我确实也通过自己的影响力，让更多人来到了这个古老小镇，在入住"遇见美宿"的同时，去感受这个千年古镇的古朴与静谧。

一个人去做一番事情，不应把挣钱当作唯一目的，我们可以在做这件事情的同时，实现自身的社会价值，这也是另一种获得。我相信有朝一日"遇见美宿"会有更长足的发展，并且产生更大的经济效益，因为我们做民宿不能只讲情怀，真正需要做的是让情怀落地，实现经济创收的同时，又能回报投资人、回报家乡，为这个社会做更多有意义的事情。

我们也许有很多的爱好，但并不是所有爱好都适合发展为事业，我们只能将最适合的那一项作为自己的人生定位。一个人若总是举棋不定、心猿意马，往往会过上庸庸碌碌的生活。只有选好自己的赛道，才能有方向，有清晰的目标，人生蓝图会助力你奔跑得更为稳健，抵达梦想的终点。

近来我收到了许多读者朋友的留言，他们都想知道如何将自己的爱好打造成事业，让爱好给自己带来财富。其实想要兴趣变现并不是一蹴而就的事情，需要花时间与精力去积淀。在这里我可以给出一个方法，就是用你的可控时间去打造你的硬本领。

人的时间分为可控时间与不可控时间。早起的时间就属于可控时间，你可以试试早起一小时，用这段心流时间专注于一项爱好，这样日复一日去积淀自己。滴水穿石的力量，会让你的人生有无限可能。

成长与成功的平衡

每个人对成功的定义都不同，在我看来，一个人真正的成功并不仅仅是功成名就，而是活成了自己理想中的样子。

如果说成功是登上山顶时的闪耀与喜悦，那么最精彩的其实是我们奋力向上攀登的过程。在这个过程中，我们学会了用勇敢抵御风雨，用智慧抗击怪兽，用毅力战胜从前那个胆怯懒惰的自己。攀登的过程就是成长的过程，对于我们的一生来说，成长比成功更重要。

在这个物欲横流、信息高度发达的现代社会，如何才能守住初心，让自己具备成长性思维呢？我通过自己的个人经验给朋友们几点建议。

在阅读书籍的同时输出自己的收获

我写过许多阅读书籍如何有益自己的文章，在这里不再赘述，我更想传递给朋友们的观点是：阅读是一种输入，想让阅读真正对自己产生影响，或者帮助他人产生影响，就需要学会输出。

输出的方式有很多，比如写与阅读书籍相关的文章、演讲或是在公开场合发表自己的看法，这样才能真正将书中的智慧内化成自己生命的一部分。

作为一名创业者，我的工作非常繁杂，但是我依然坚持每年出版一本书，我为何这样做？除了自己对于写作深入骨髓的热爱，还有一个原因，就是我每次在写书的过程中会进行大量的阅读，这种阅读先是滋养了我的心灵，拓宽了我的见识，增长了我的格局，继而才融入我的篇篇文章里。

我用阅读这项持续的输入与写书这项持续的输出，不仅帮助自己找到了实现人生理想状态的路径，而且帮助了更多迷失方向的同频人找到了生活方向。

你想成为谁，就去接近谁

每个人从生下来，到去追寻自己人生中的目标，都是从零开始的。在追寻的过程中，如果有榜样的力量指引你，你会少走很多弯路。在跋涉的过程中，也会被给予许多智慧与动力。

2009年，我读大二，是一个文学爱好者，爱上了著名作家雪小禅老师的文章。自那以后，我阅读了她已经出版的几十本著作，给她写信，多次坐火车去陌生的城市，只为听她的讲座，为她拍照，为她做设计，为她创办公众号"雪小禅"……

她就像一盏明灯给予我向前奔跑的希望,她的文字与人格魅力在潜移默化中影响着我,我一直像她那般孜孜不倦地书写着。

2019年年初,我29岁,已然成为一名创业者。在文学的世界之外,我还需要学习如何成为一名管理者,在管理好自己的同时又能管理好整个团队,学习如何寻找商业模式,如何让自己在葆有情怀的基础上又能实现创收。也是在这一年我遇见了张萌——萌姐,她是畅销书作家、人生效能专家、下班加油站创始人,帮助700万名青年提升竞争力。

萌姐很自律,每天早上4点就起来看书写作,打造自己的硬本领。我把她当作自己在创业领域想要成为的榜样,在网上听了她所有的音频课,参加了她的线上训练营,读了她出版的书,并且成了她的青创合伙人。

她让我领悟到在创业的过程中,"敢"比"会"更重要,一个人想要成功,就需要认清形势,顺势而为,准确挖掘个人价值,具有利他思维。在跟着萌姐学习的过程中,我的思维得到了迭代,在打造个人品牌的同时,让自己的时间变得更加值钱。有朋友说,现在的我不仅有感性思维,还具备了理性思维。

你想成为谁,就去接近谁。不要畏惧与胆怯,只要你足够努力与坚持,就会离你的榜样越来越近。当你自带光芒的时候,你也会成为更多人的榜样。

舍得为自主性学习投资

我们进入社会之后事业发展的好坏,学历其实并不会起到决定性的作用，最重要的是你要始终保持着自主性学习的状态。

我和爱人生活在湘西偏远的小镇，很多人担忧这会对我们的事业发展产生阻碍，毕竟没有聚会应酬，无法参加行业会议，我们会错失很多机遇，人脉无法扩展。

其实不然。

我们在小镇过着恬淡美好的生活，并不意味着我们选择了安逸。我依然过得像一个女超人，通过互联网链接到这个世界，经营着一份自己热爱的事业。每一天从早到晚一直保持工作和学习的状态，惜时如金。

为了弥补在小镇生活学习资源的缺失，我报名了许多线上课程，在许多知识付费领域的 App 购买了课程，也会每隔一个月去大城市参加一次培训。2019 年我用在自主性学习上的费用就达到了 6 位数，但是收入也在不断增长。

这些年，我一直都很注重对学习的投资：

当还在读大学阶段，每个月收到父母寄来的几百元生活费，我会用一半的钱去买书丰富自己的大脑；

当我还在教书时，每个月领到几千元的工资，我会把一半的工资积累下来，用于买书与购买摄影器材；

当我在创业阶段，收入成倍增长的时候，我依然会将一半的钱用于向更优秀的人学习。

如果你真的想实现梦想，就必须向卓越的前辈学习。如果他们刚好有课程，建议你花点投入去买这些老师的经验与时间，这样才能让你少走很多弯路，让你在不断学习的过程中日日精进，挖掘出自身更大的潜能，实现更大的人生价值。

事业与家庭的平衡

许多女性向我提过家庭与事业如何平衡的问题，其实，只要你拥有智慧，是可以家庭事业双丰收的。

男人与女人都需要承担家庭责任。在旧社会，"男主外，女主内"是常见的事情，男人在外赚钱养家，女人在家带娃、做饭、收拾家。

但是在如今这个高速发展的时代，随着女性崛起，她们也渴望在工作中实现自己的人生价值。妻子下班回到家需要尽到义务，丈夫同样需要承担家庭责任。女人不要习惯性地包揽所有家务，这样只会让自己身心疲惫，可以适当示弱，让丈夫也在家中出一份力。

2019年，我与爱人闫凌进入婚姻生活已经有一年的时间，这一年我们一直过得很幸福。我的工作很忙，经常会在外面为客户拍摄，或者在民宿接待远道而来的客人，闫闫作为自媒体人大部分时间在家中工作，所以他很贴心地帮我分担了大部分家务。

而我早上会起得更早一些，就负责做早餐，等他起来的时候，就可以吃到热气腾腾的美味早餐，吃完他负责洗碗，我则抓紧时间去练习钢琴。

在婚姻生活中，夫妻之间要相扶相持，彼此分工，这样彼此会更轻松。

女人需要适时示弱，给男人更多表现的机会。女人要像水一样，懂得适时撒娇，让男人为你做一些贴心的事。

我每晚睡前都会泡脚。每次到了晚上9点30分，只要我温柔地看他一眼，他就接收到了信号，马上去盛泡脚水，在椅子上放好毛巾，播放我喜欢看的电视节目。我用的是电子泡脚桶，半小时一到会自动发出声音，他听到提醒声音后会马上提醒我该擦脚了，然后迅速帮我倒泡脚水，每天如是，似乎已经成了他爱我的一种习惯。

面对他的殷勤付出，我都会甜甜地表扬体贴的他，或者真心表达心里的感谢。

我见过身边有很多女性朋友，在家里做家务非常辛苦，但是男人就躺在沙发上玩手机游戏，一脸事不关己的样子，其实是女人把男人惯坏了。婚姻是一所学校，好男人都是女人教出来的。你想要什么样的婚姻，想要男人如何表达爱，需要用智慧一点一点地去教。

我们还会约定好固定相处的时间，因为工作是永远做不完的，要记得留一些时间给自己最亲密的家人。

我是独生女，想要在父母年老时，有更多的时间陪伴在他们身边，所以这也是我选择回家乡发展的原因。我和爱人的新房离父母家并不远，走路只需要15分钟，但是我平时工作任务繁重，并不能随时在他们身边，我和爱人就约定好每周固定两天时间回家看父母。每次回到父母家，吃上他们准备的"家的味道"，与他们聊自己这一周有意思的事情，一家人坐在香樟树下吃饭，真的是其乐融融。

我与爱人也有固定相处的时间，比如我们每周日的晚上会放下工作，一起躺在沙发上用投影仪看一场电影。他会提前用心准备好我喜欢的电影，所以每一次的周末家庭影院都让我倍感幸福。我们也会每年固定从上半年和下半年，各抽出半个月的时间出国旅行。

旅行的时光，可以让我完全放下工作，共度甜蜜的二人世界。

每次工作的重压让我喘不过气来时，想到父母院子里热气腾腾的饭菜，想到与爱人相伴在一起的旅行时光，我就重拾了动力，这是爱的力量，人间最恒久的源动力。

人生没有绝对的平衡，因为生而为人，万事万物都是动态变化的，但我们可以尽力做到让生活相对平衡。

前几天，我问闫闫，什么时候我可以真正慢下来，不再追逐？

问这样的话是因为确然感觉到累了。

他看着我的眼睛，声音无比温柔。

"这一生你都不会慢下来了，因为你已经开始在登山。如果你是一个安于平淡的人，你早就因为害怕苦累，止步不前，但是你是一个有使命感的人，这样的使命会推着你一直往前走，往前走，直到生命的终点。当然，你此生注定会不平凡。"

那一刻，我从他清澈的眼眸里看见了那个目光无比坚定的自己。

愿我们都能珍惜此生，活得赤诚且热烈。

成为一个务实的理想主义者

2020年，对于很多人来说，是煎熬的一年。很多公司面临破产，很多员工遭遇失业，很多人面临人生中的至暗时刻。

我也曾有过茫然失措与内心恐慌，有段时间为了提高自己的免疫力，每天听的都是养生课程，看的都是增强免疫力的书。

有一天我惊觉，一个人只有提升自己的能力与认知，才能增强人生的免疫力，才能抵御突如其来的黑天鹅事件。

那段时间，我的民宿与摄影约拍，受到了很大冲击。线下的事业无法维系，我把精力转到线上——自媒体内容创业与线上教育。

你会发现，每一个危机背后都是转机，只要你抓住机遇。

我感激自己一直都保持着阅读、写作、拍摄的习惯。这些事都与诗意有关，让我能在忙碌于事业之余，依然葆有一颗追寻美好和诗意的心。

感性生活，理性工作，成为一个务实的理想主义者。

依然记得2020年夏天的无数个傍晚，我去邻近的村庄散步，手中捧着心爱的相机，用镜头去收集晚霞。晚霞色彩瑰丽，变幻万千，美丽稍纵即逝。因为短暂，我更愿意用镜头将美复刻为永久。

我承认自己是一个理想主义者。

多年之前就写下心愿：成为自由职业者，可以有时间写作，用文字影响更多人。会生活在田园，有一间属于自己的房子，三面环书，每日与书、与自然、与爱为伴。

如今，这一切已然实现。而我更加坚信，理想主义者毕竟太虚妄，作为新时代的女性，想要活得底气十足，需要成为一个务实的理想主义者。

真正美好的生活，是物质与精神的双富有

读研的时候，我还是一个活在梦里的文艺女青年，把写作当成了一生的志向。我幻想自己以后嫁给一个有经济能力的丈夫，他负责赚钱养家，我只要一直看书、写作，活在自己的梦里就好。

直到后来被现实重压后，我才意识到，一个有独立人格的女性，必须要经济独立才能灵魂丰盈。

很多人问过我，如何吸引来灵魂伴侣闫凌，让他放下全世界，放下北京的优越生活，陪着我在小镇过恬静的慢生活？

其实，在遇见他的时候，我已经把自己活成了一个女超人，每天起早贪黑地追求自己的事业，经济独立，内心有光。

我不求通过另一半改变自己的生活，而是脚踏实地活得闪

耀。当我遇见那个对的人时，内心干净澄澈，眼中散发光芒。

我们的灵魂是对等的，因此，他始终视我如珍宝。

经济独立，才能精神独立，你的人生才有更多选择权。

真正美好的生活，是物质与精神的双富有。

走出舒适区，才能看到人生更多的可能性

很多人看到朋友圈里的我，以为这就是我的生活：每日在小镇过着云淡风轻、无忧无虑的慢生活。

事实是，在每天都要应对各种难题的创业之路上，我是穿着盔甲的女战士。

打造了诗意精品民宿"遇见美宿"，人前闪耀，可是只有我们自己知道淡旺季区别太大，旺季门庭若市，淡季门可罗雀。十一长假之后是为期半年的淡季，有时候半个月都见不到几位客人。这样巨大的落差，对我们的经济和心理，都是不小的挑战。

我开始将重心放在了自媒体内容创业，这也是我一直在做并且擅长的领域。我与爱人注册了文化公司，明确了创业方向。全职助理从一名到两名，她们从外地来到这个浦市小镇，给我无数个日子的陪伴与助力，我内心对她们充满感激。

我一直想要做一份小而美的事业，这样的轻创业稳步前进，细水长流。

每一位创业者都不易，每天都是机遇与挑战并存，需要解决一个又一个棘手的问题。

萌姐是我在创业路上的导师，所有人只看到她光鲜的那一

面。而我真正感到她的不易,是在一次线上内部培训中,她在镜头那边流着泪,诉说她远大的梦想,激励着我们一起向前走。

那段时间的她正面对一次挑战与抉择,即使是哭泣,她望向我们的眼神依旧是坚定的,带给我们无尽的力量。

这带给了我很大的触动,回想起以前的自己,只看文学书籍,只做感性的事情,毫无理性思维,因此我要求自己在创业的过程中,不断提升商业思维和领导能力。

为了让事业发展得更好,我开始学习商业思维,学习如何管理员工,学习如何高效工作,学习控制成本,学习如何表达自己的思想。

这条路走过来并不轻松,我曾在无数个夜晚失眠,满脑子都是如何处理接踵而至的问题;也曾在遇到打击的时候,躲在洗手间号啕大哭;还曾在长时间回复微信消息后,颈椎病发作,头晕目眩,几近晕倒……

付出之后当然是一次又一次的收获。

这一年,我将摄影梦想课堂升级为摄影梦想学院,除了我自己授课,还签约了多名讲师与助教老师,将手机摄影的在线教育做得越来越大,影响的学员已有上万名。

这一年,我还成立了新女性创想学院,作为女性个人品牌顾问的我,帮助了几百名学员通过个人品牌在互联网上创富。

这一年,我从 0 到 1 开始尝试做短视频与直播,视频号与抖音积累了几万名粉丝,首场直播带货,就收获了很不错的成绩。

线上的事业开始呈现上升趋势，能力的提升带动了自身影响力的提升。在为这个社会创造更多价值的同时，我的财富也得到了增长。

创业赋能了我，让我的思维不断迭代，除了提升对商业的敏锐度外，还提升了我对人性更细微的觉察力。

茧要奋力破出，才能成蝶；石头要经过打磨，才能成为钻石。一个人想要成事，就必须走出舒适区，经历磨难与苦痛，迎难而上，才能看到人生更多的可能性。

成就别人，就是成就自己

人生的多种可能性，拓展了我的思维和格局。2020年对自己影响最大的四个字是：极致利他。

曾经只关注自己的得失，如今会先成为一个持续的给予者；

曾经只关注产品的营收，如今会先考虑给用户带去更大价值；

曾经只关注财富的增长，如今会先想解决方案帮助别人增值；

曾经只关注如何成就自己，如今会先去成就别人。

当将利他思维极致地进行运用，我发现：个体的价值会在成就别人，为别人提供价值的过程中被无限放大。

2020年，在猫叔的指引下，我把定位从手机摄影美学导师升级为个人品牌商业顾问。我在教学员如何用手机记录生活之美的同时，也教女性如何通过打造个人品牌找到自己的定位，搭建产品体系，布局商业模式。

这让我获得了更大的成就感，因为手机摄影是生活的一种点缀，是锦上添花的一种方式。但是教身边这些女性打造个人品牌，却能真正从底层逻辑帮助一个人找到自身的优势与价值，为她们梳理出一条创造更多可能性的路径，真正改变一个人的生命状态。

有人说，感激我用文字带给了她希望，我的书籍照亮了她的内心，让她守住热爱，拥有了更为理想的生活状态。

有人说，感激我带她走进了摄影的世界，让她学会用手机随时随地去记录身边的美好，内心不再焦虑，有了对于生活更细微的觉察力。

有人说，感激我帮她找到个人品牌的定位，让她有了前行的方向与信心，不仅提升了获取财富的能力，更用自己的知识与能力帮助更多人，实现更大的社会价值。

而我说，成就别人，就是成就自己。

普通女性实现富足人生的秘密

女人过了 30 岁之后，会邂逅不一样的人生景致，遇见更美好的自己。

而这些，是过往的努力、坚韧、果敢，才换来的从容不迫。过了而立之年，我时常复盘走过的路，收获的感悟，仿佛重新走了那些旧时的路途。因为回顾，我总结了许多心得。

创业：探索人生无限的可能性

我真正开始走出小我，走向大我，是在创业后。

2020 年我自己注册了公司，从个人 IP "李菁"，逐渐发展成平台 IP "菁凌研习社"，立志通过学习美学与商业领域的知识服务产品影响更多女性实现物质与精神双富有的美好生活。

如今，在湘西千年古镇跟着我一起全职工作的助理增加到 4 人，线上运营团队达到了近百人，学员开始遍布全球。

我想，那个在 7 年前为了自由放弃高校教师工作的自己，无论如何也想不到 7 年后，可以把热爱变成了事业。

这确实是个体崛起的最好时代。

只要持续去创作好内容，普通人也可以通过自媒体获得更多人的关注，通过知识服务产品帮助更多人，收获财富变成了一件自然而然的事情。

从普通的文艺女青年成长为一家初创公司的创始人，我每天都在学习和思考，不断解决新的问题。

创业对我来说是陌生的领域，如何定战略，如何招人用人，如何管理团队，如何打磨产品，如何精细化运营，如何通过营销实现业绩翻倍，如何通过短视频与直播增涨流量……每一个方面都需要我从头开始学习。

这也是为什么我喜欢创业，它倒逼着我更快速地迭代自己，如饥似渴地学习，我的认知得到了提升，眼界变得更为开阔。

在学习的过程中，我接触到了更多厉害的人，并且结识了对我产生极大影响的创业导师。

创业就像登山，既然已经往上攀登了，见到了从未见过的风景，你就不愿再停下，且会不断保持向上的人生状态，你不知道下一刻将会遇到什么坎坷，面对什么挑战，遭遇什么境况，但是你知道只要不断向上，就会看到新的可能性。

攀登的过程让我成为终身学习者、深度思考者。在历练的过程中，我逐渐从一个只有感性思维的文艺创作者，成长为一个具备理性思维、框架思维以及拥有决策力的人。柔弱的外表下，我修炼出了一颗更为缜密坚毅的心。

这一年，文学类书籍我读得并不多，转向读了大量提升商业思维的书。开始也会质疑自己是否与初心背道而驰，但是越往商业的深处探究，越会发现其中有许多与文学相契合的脉络。商道中有许多为人处事的智慧，更有对人性深入的洞察。

母亲也很支持我，常与我分享她的见地。她总对我说："一个人能成大事，最后拼的都是这个人的修养。"她一直叮嘱我在创业的过程中要谦虚、谨慎，凡事吃亏是福，处处要为他人着想，要舍得分利益，才会把事业做得更长远。

母亲虽是小镇上的普通女性，但是因为喜欢读国学书籍，我常能感受到她内在散发的光亮。这束光亮也不疾不徐地照亮了我前行的路，让我懂得只有心地醇厚，才有更大的福报。

我开始走出小我，去关注人，在这个过程中，我有了更多惊喜的发现，比如"商业是最大的慈善""小我爱自己，大我爱世界""极致利他"……

虽然，我此刻在学习如何在商业世界中获取更大的势能与财富，但是我清晰地知道，自己人生的至高使命，始终是写书。这一路经历都将化作我笔下缓缓流淌的文字。我的文字会随着年龄的增长，岁月的更迭，更为返璞归真。文字有美感，也会有钝感。

此外，创业能让我拥有更多的选择权，拥有更多自由，也是我能持续写作的物质保障。只有财务相对自由，才有书写的底气，见到更广阔的世界，也才能看到人生新的可能性。文字可以是潦倒的，也可以是自由的、丰盛的。

一切经历，对于一名写作者来说，都是珍贵的。

奋斗：在最好的年纪，为美好的未来奋斗

有朋友说，我做这么多事情，还把每件事都做得井井有条，叹服我的时间管理能力。

其实，我的生活真的是争分夺秒。

每天早上 5 点 45 分起床，把早餐粥煮上锅就开始看书，吃完早餐继续文字创作。

早上 9 点到晚上 9 点，12 个小时左右的时间，极少有休息时间。工作期间需要管理团队、开会、备课、线上给学员上课、给用户打电话解决问题、回复永远都翻不完的消息、创作短视频、做直播……

有时候真的太乏了，就让自己睡一觉，或者走出去晒晒太阳，什么压力就都消散了。

2021 年只给自己放了一周的假，其他时间除了生病休息，都在小镇日复一日地工作，活成小镇田园里的女超人。

每个人闪耀的背后，都有常人无法想象的付出与努力。

我并没有觉得累，因为我做的是热爱并且深感幸福的事业——在线教育。**教育就是一个灵魂影响另一个灵魂，满心热爱，互相成就。**

每次听到学生们告诉我，因为我的指导与帮助，她们找到了人生的方向，实现了价值变现，从当初糟糕的状态变为现在理想的状态，我的喜悦和她们一样多。

我知道自己正是奋斗的好时候，此刻能够毫无保留地付出，勇敢走在前行的路上，才会为未来的理想生活打下更坚实的基础。我庆幸自己很早就懂得了要通过勤奋与智慧去获取想要拥有的一切。对于新女性来说，经济独立，才能精神独立。

我并不想把公司做大，也从未想过融资，我只愿打造一家小而美的公司，线下有几名得力、贴心的助理，大部分人在线上协同办公即可。

人生最好的状态，有奋斗的当下，也有触手可及的远方，有热爱的事业，也有纯美的爱情，做一个务实的理想主义者，多好啊!

我们努力创业，是为了有能力过更好的生活，而不是为了透支自己的生活。

重视健康：去做难且正确的事

2021年上半年对于我来说，是至暗时刻。

我有长达几个月的时间无法正常说话，吃了很多药都不管用。我自己知道，这不是普通的嗓子发炎，因为说话时间稍微长一点就会胸闷，甚至胸口痛，异常难受。

跟全职助理沟通工作时，只能把想说的话用笔写在本子上。一天下来，本子上写满密密麻麻的任务清单。

我的事业是做在线教育，有大量的时间需要做咨询和上课，也就是说，这些工作都需要用声音表达。可当时话都不能讲，如何给学员上课？这让我的内心更加焦灼。

那段时间，事业处于停滞状态，业绩无法增长，嗓子日日难受，无法与人交流。最关键的是，找不到病的症结，我整日胡思乱想，以为生了不治之症。

有一日晚上睡前，忍不住捂着被子哭泣，爱人闫闫心疼我，吻干我的泪痕。

他说，带我去三亚看大海，帮助我的身心得到放松。

3月抵达三亚，春天的阳光很温柔。他特意选了临海的酒店，房间宽敞明亮，推开窗户，外面大片大片的湛蓝色席卷了我。这，是属于大海的治愈时刻啊！夜晚枕着海风入睡，次日清晨，还可以看一场日出，看海面泛着慵懒而橙暖的光，再把阳台的门打开，啾啾鸟鸣把阳光领进房间。这时候，可以伴着一曲民谣，唤醒身体。到了傍晚，与闫闫牵手走在沙滩上，目之所及是辽阔的蔚蓝海面，时光如此静美，一切仿佛都放慢了脚步。

在身体低谷的时候，因为有了爱人贴心的呵护与陪伴，我的心里不再焦躁，而是产生了一份面对困境的勇气与坦然。

闫闫带我去了三亚当地最好的医院看病，老医生说，我不是简单的嗓子发炎，而是胃食管返流引起的咽喉发炎，想要治好嗓子，关键是治胃。

找到了症结，开始对症吃药。从三亚回到湘西小镇后，吃了西药，又吃中药，对饮食更加节制，辛辣、甜、酸的食物都不吃。

调理了几个月，身体终于好转，嗓子可以正常说话了。但每次说话不能超过一小时，否则时间太长还是会有不适感。

医生说，我需要提高身体的免疫力。

6月末，我下定决心开始运动，请了健身教练在线上教我健身，买了健身服、健身鞋、哑铃，在自家书房，面对着手机，跟着教练一遍遍练习基础的动作。每次运动到汗流浃背的时候，就感到身心特别舒畅。

为了形成习惯，我将每天下午 4 点 30 分到 5 点 30 分安排为我的运动时间。当我把运动放在优先级事项后，每天运动 1 个小时，变得不再困难。

就这样坚持运动了 5 个月，我惊喜地发现，这几个月感冒减少了，免疫力一点点在增强。我的体重保持在了 103 斤，整个身姿也变得更挺拔。

之前，我有很严重的颈椎病，颈椎时不时就疼痛难忍，压迫神经的时候晚上还会失眠，每隔一天就需要去理疗店按摩一次身体，坚持运动后，我竟然可以延长到一周才去按摩一次。这对于我来说，是一种莫大的进步与奖赏。

有一天我忍不住对教练说，我爱上了运动！

约克·威林克在《自律给你自由》这本书中写过："**自律能让你通往力量、健康、智慧与幸福的路。最重要的是，自律能让你踏上通往自由的道路。**"

我庆幸自己在这一年，懂得了正视自己对于身体健康的亏欠，去做难且正确的事，用饮食得当与持续运动，去拥抱那个更有能量的自己。

长期主义：相信滴水穿石的力量

2021 年我的几个微信账号，好友人数相加有 6 万多人了，相比 2020 年，一整年增加了 2 万多好友。这些好友都分散在我的各个微信号里，有些人看着我一步步成长起来，陪伴我几年之久；有些人则刚刚与我相遇。

学员们都很羡慕，问我如何才能拥有这么多微信好友。用现在流行的话说，这是一笔不可小觑的"私域资产"。

其实，我就是把简单的事情重复做，坚信长期主义的力量。

公众号"遇见李菁"日更近 8 年，每日发文 1～2 篇，积累了 4 万多粉丝。

微信朋友圈原创日更 6 年，每日发文 5～15 条，写下了几十万字文案。

坚持十几年每天早上 5 点 45 分起床阅读、写作，写出了上百万字，出版了 5 本书。

另外，进入 5G 时代后，短视频与直播兴起，从 2020 年 4 月开始每周创作优质短视频，打造 20 多条 10 万＋浏览量的爆款作品。

从 2021 年 4 月开始每周在视频号直播 2～3 场，一年直播 30 多场，视频号"遇见李菁"获得了 3.7 万人关注。

我们需要顺势而为，同时更需要怀抱长期主义的心态去做好自媒体，毕竟这是有沉淀价值与复利效应的事情，值得我们始终如一的坚持。当我们能影响的人越来越多的时候，就会有更大的能量去铸就自己的护城河，也才能为这个社会创造更大的价值。

近期睡前读华杉的新书《华与华正道》，他也谈到了要坚持"日日不断，滴水穿石"的正道。他自己坚持每天早上 5 点起床，5 点到 7 点写作，8 点出门上班。这样每天写下 2000

字，一年就有 70 万字，因此他才能在经营好企业，为其他品牌创造价值的同时，还能出版大量的图书。书籍传递了他正心正念的思想，又为他带来了更高价值的用户，这是一种正向循环。

越是能成事的人，越是懂得滴水穿石的力量。我也把它当作人生的信条，日拱一卒，为将来的自己播撒下更多、更丰盛的种子。

富足：活出自己的绽放人生

2021 年对于我来说，是突破的一年。在我与团队的共同努力下，业绩持续增长，学员倍增，自媒体粉丝数倍增，我的影响力与财富值都得到了提升。

另外，这几年我用自己的文字、照片、视频、自媒体以及诗意民宿"遇见美宿"推广家乡的旅游，我得到了更多人的认可，2021 年 10 月，还有幸被选为泸溪县第十届政协常委。

在这个互联网时代，我足不出镇，也能为美好社会的建设贡献自己的力量。

很多朋友都羡慕我，说我活得如此绽放，只有我知道，如今拥有的这一切是我十年坚持与勤奋所换来的，我欣喜自己活成了一束光，照亮自己的同时，也在给予更多人能量。

在我看来，真正富足的状态，并不仅仅是物质的充裕，而是一种更为全面的人生状态，包括了美好的关系、对自我的接纳与肯定、对健康的珍视、对身边人的赠予、对已拥有之物的感恩以及对社会所创造的价值。从内在真正富足起来，才能激发我们更大的创造力。

　　人生的路还很长，我愿保持谦卑之心，继续低头耕耘，把爱给出去，把财富给出去，用余生去建构自己生命的格局，在勤勉修身的同时，安心等待。

　　等待人生更多的可能性。

　　亲爱的朋友，未来很美，愿与你一起向前。

不争第一，只做唯一

我曾追逐日落，吹过晚风，也曾踏浪而行，赏过闲云。

海海这一生，所有未知的答案，都在向前奔赴的路上。总有一些闪光时刻，提醒着我们不忘来时路，不负今朝景。

在2022年的4月、8月和12月，我分别做了3场线上的品牌私域+直播发售，每一次都有3000~4000人进社群学习，2000多人预约直播，累计吸引万人参与，实现了影响力与业绩的倍增。

我的核心产品"女性个人品牌年度社群"，累计突破了500名女性加入，我帮助她们从0到1打造个人品牌，实现价值变现。

从2016年到2022年，这6年时间，我在线下打造了网红民宿"遇见美宿"，用书籍记录初心与热爱，用镜头镌刻美好与永恒。在线上通过自媒体平台创作文字内容、摄影作品、短视频作品，用自身的影响力让更多人知道了我的家乡湘西泸溪，也让更多人看到了小镇青年的力量、女性的力量。

能果敢地活在热爱中，传递美好，为社会贡献价值，是我的幸运。作为一名自主创业的女性，度过了几年艰辛的初创期，现在步入发展阶段，我有了自己的优秀团队，影响力与日俱增。

我相信所有的闪耀都是奋斗出来的，未来会更加努力，让自己的光芒照亮到更多地方，陪伴更多人勇敢前行。

我总结了在创业与日常生活中，汲取的人生智慧，分享给每一位有缘人。

你要为自己所做的事真心感到骄傲

亲爱的朋友，你可以在此刻问自己：你现在正在做的这件事情，正向这个世界展示出来的东西，你热爱它吗？它是出自你内心的召唤吗？它是你的理想和骄傲吗？

你选择了它，就要坚定地相信它的价值，相信你所做的这件事情不仅对自己有意义，也能够帮助到很多人，相信它对这个世界是有价值的。

写书，是我认为自己的文字可以影响很多人；创作短视频，是我坚信会有人因为观看这些记录美好生活的短视频，找到人生方向；做个人商业咨询，是我觉得能够帮助很多女性，像我一样实现物质和精神双富有的生活状态。

我为自己所做的这些事，感到骄傲知足。也请你相信：**只有真心热爱所做的事情，动力才会源源不断。**

一个人成功的原因有很多，其中一个关键因素便是对自己所做的事情，怀抱极大的热情，且以此为傲。**当你找到自己的**

时候，全世界才会找到你。

热爱你所做的事情，它是你人生的一部分，是你的理想和骄傲。

爱，是解决一切问题的答案

我始终坚信，所谓更好生活的尽头，是心有他人，慷慨奉爱。给出爱，就会得到更多的爱；给出财富，就会得到更多的财富。

对父母奉爱，我带他们去旅游，从2016年开始，我每个月1号都会给父母发红包。他们每次收了红包后都很开心，会说许多暖心的话语鼓励我，爱意就这样循环起来。

对老师奉爱，当我们找老师学习的时候，第一个念头是我能为老师带来什么。因为只有对他人付出，才会有回馈。比如我的创业导师猫叔出书的时候，我买了1000本支持他。他做新产品发售的时候，我每次都冲在最前面帮他推荐。当我做了这些，他也给了我更多的机会，我也会更加感激他。

对伴侣奉爱，我首先会实现自己物质上的独立，有一份热爱的事业，每天朝气蓬勃地活着，两人是无敌，一人是英雄。在经济独立后，我的底色依旧温柔贴心。我会在每个纪念日给他写情书，表达我对他的爱。我们有各自的书房，在属于自己的空间里，独处、思考、运动，做想做的事情。进他的书房，我都会先敲门，始终持有尊重感。

对朋友奉爱，每个月我会给超级闺蜜艳姐送书，以前是给她寄书，现在是给她的孩子送绘本书。

对学生奉爱，给她们关注就是最好的礼物。我的几百名女性个人品牌社群的学员，我都会在意她们，将自己的 7 万私域流量与她们共享。在她们做活动的时候，我用行动去托举。在她们生日时，我也会送上暖心的礼物和衷心的祝福。

小爱爱自己，大爱爱世界。我们一定不要忘记去爱身边的人，近悦远来。

爱，是解决一切问题的答案。

与喜欢的人在一起是一种滋养

当你做不喜欢的事、接触不喜欢的人时，本质上是在消耗自己。

因此，无论是婚姻生活还是与客户的关系，我们一定要找到同频的人滋养自己。

找和你一样真心实意，和你一样善良的人。

当我们和喜欢的人生活或共事的时候，方可排除万难。

此刻的我，很幸福，因为我选择了和自己喜欢的人在一起。

我的爱人是我喜欢的。每晚睡前，我们都会互道晚安，然后微笑着进入梦乡。爱的人在身边，内心如此踏实、温润。

我的同事是我喜欢的。她们都是从大城市来到小镇，与我共创这份美好事业的伙伴，与我一样热爱美好的慢生活，有着极致利他的价值观，也怀抱着对梦想的执著和坚持。

我的学生是我喜欢的。在我的女性个人品牌社群，500 名学员都是向美而生、正心正念的女性。她们既是我的学生，也是我的盟友和家人。她们如此优秀且心怀感恩，与她们日日相伴，我觉得无比喜悦。

人生最幸运的就是找到一群对的人，帮助她们实现美好生活，这其实也是在反向滋养自己。

因此我建议大家，一定要和喜欢的人在一起。

守住时间的原则才能拥有对人生的掌控感

很多人都好奇，我是如何将自己的事业、家庭安排得井井有条，同时拥有对人生的掌控感呢？

我的秘诀就是：**守住时间的原则。**

我的时间原则是——早上 5 点 45 分起床，午睡 30 分钟，下午 4 点 30 分开启运动时光。每天晚上 9 点之后不再回复消息，我会把这段不被打扰的时间用来深度阅读，晚上 11 点必须睡觉。

也许你会问我，为什么要坚持晚上 11 点睡觉呢？因为以前十年如一日的熬夜，2017 年我的身体突然处于崩溃状态，整整失眠半年，常常心慌、心悸。

我比别人更早意识到健康的重要性，所以从 2018 年到现在，我就开始坚持晚上 11 点睡觉。

早睡的原则，是不能被轻易打破的。比如上次参加一位老师的线下课，几万元一天，老师的分享内容很丰富，也会很晚才结束。但是我知道自己的身体不允许熬夜，上课之前就给老师的团队说明自己的情况，希望老师能理解。

晚上 10 点 30 分，同学们都说后面的内容更精彩，几万元的课，熬一天夜没关系。可是我还是坚持了时间的原则，按时回到房间睡觉，希望以更好的状态迎接新的一天。

守住时间的原则，才能对人生更有掌控感。

我们要把自己的身体健康放在人生价值的首位。

叔本华在《人生的智慧》这本书中对于健康的观点让我深受启发，他说："任何事都不值得你牺牲健康去追求。"

如果无法好好爱护自己，那又如何做更多的事情、爱更多的人呢？

找到你人生中 100 位支持者

在人生的长河中，我们并不是孤身一人，方方面面都需要很多人助力，我们可以找寻 100 位人生的支持者。

比如，当我的身体需要有一个人来帮助调理时，她就出现在了我身边。

她就是我的邻居，在楼下开了一家按摩店，因为颈椎问题，有段时间我每隔两天就需要她帮我按摩。她帮我减轻了很多的身体负担，所以每次有什么好的东西，我都会和她分享。

比如我前两天感冒，她会马上为我艾灸，帮助我恢复健康，她是我强大的支持者。因此，我也会在许多关键的时间节点，给她更多的爱和反馈。

父母、恩师、伴侣、朋友、同事、学生、合作伙伴、邻居……都会在人生的路途中，给我们无限的爱和鼓励，他们亦是我们的支持者。

寻找到人生中 100 位这样的支持者，把名单写下来，在每一个重要的节日送祝福，在他们生日的时候送礼物，在他们需要帮助的时候全力去支持。

对于这些重要的人，先给出你的爱、支持、信任、赞美、鼓励、托举、财富。广结善缘，播撒好的种子，你会拥有更多的幸福感。

爱出者爱返，福往者福来。

所有光鲜亮丽的背后都有不为人知的努力

在读大学的时候，为了有更多的钱买书，我去做过家教。我教的那个女孩家里很富裕，住着复式楼，里面装修豪华。家中放着一架我十分向往的钢琴，她给我弹奏《致爱丽丝》的时候，指尖在黑白键上舞动，真像童话世界里的公主。

有一次恰逢元宵节，她家的厨师做好了元宵，她请我品尝，是那种吃一口里面会流出很多芝麻馅的元宵，味道浓香。

我很羡慕，因为我过往吃的都是没有馅的汤圆。而她的生活，自由从容，美味甜蜜，如同那一口让人难忘的元宵。

那一刻，我发誓要通过努力拥有更好的生活。

13 年过去了，如今我也拥有了曾经向往的生活：在小镇过着诗意的田园生活，家中有钢琴，有很大的书房，有疼爱自己的父母，有深爱自己的老公，有热爱的事业，活成了无数女性梦想中的样子。

当然，我也有了自己的大厨，每天都在变着花样给我做美味的食物。

但是，闪耀背后的我，你或许没有看见。

你不会看见我直播到颈椎病发作，躲在房间里大哭时的脆弱；你不会看见我每天起早贪黑地工作，把时间和精力都投入在其中的奋力拼搏；你不会看见我每个月把书一箱箱买回来，每天早上5点45分起床就开始阅读的坚持；你不会看见我付重金找厉害的老师学习，每天刷牙洗脸都在听课的勤奋；你不会看见我嗓子发炎到红肿，依然给学生做语音咨询的执著……

你或许不解，为什么要把自己逼成这样？

当没钱、没资源、没人脉的时候，勤奋才是成功的标配，小镇女孩只有拼尽全力，才能看起来毫不费力。

没有谁的成功是一蹴而就的，那都是厚积薄发。所有光鲜亮丽的背后，都藏着旁人看不见的努力。

那些通过勤奋和努力，实现的更广阔、更美好的人生，因此显得更加珍贵和有价值。

我相信一万小时定律，而不是天上掉馅饼的运气和坐等的成就。

如果你想要拥有更好的人生，就需要付出更多的努力，去收获属于自己的闪耀。

人生最大的智慧是克制

高尔基曾经说过："每一次克制自己，就意味着比以前更强大。"一个懂得克制的人，一定是一个成功的人，克制才是人生最高的境界。

无论是做商业还是经营人生，我们都要懂得克制。每个人的时间是最珍贵的，需要懂得取舍，不能够什么都要，什么都抓，所以一定要去抓最主要的事情，并把这件事情做到极致。

比如我做"女性个人品牌社群"这个项目，只招 500 人，我不扩招，在能力范围内用心服务好这 500 名用户。

一个真正懂得克制的人，能够克制自己的欲望，克制自己的情绪和前进的步调，生活丰富而不沉迷，感情充沛而不肆意，前行脚步坚定而不匆忙，人生独立自由而不失控。

克制，是一种智慧，是成熟人性的自我完善，是恪守人生原则的自筑防线。

2022 年 8 月，我举办了创业 6 周年庆典，策划了 15 场直播，有 4300 人进群，邀约了 44 位知识付费圈的顶流 IP 连麦直播。

但是未曾预料到，当天开播第一场，我的胃食管反流引起的咽喉炎就复发了，不仅嗓子疼，还会烧心。我记得 8 月 23 日那天晚上 10 点多直播完就觉得不舒服，凌晨还在因为烧心久久无法入睡，说不难受是假的。

但是我想着还是要坚持做下来，毕竟为了这场庆典，我的团队上百人，忙碌了一个月。

幸好有副播和嘉宾们在帮着一起分享，就这样坚持播了 10 场，业绩节节攀升。

但是后来我发现身体无法继续坚持，每天很焦虑，有时候怕自己播到一半，真的会倒下来，整个人的状态不是很好。

所以我在9月1日下午临时做了决定，取消9月3日至9月7日的5场直播。

那一刻，我的脑海里浮现一句话：**商业里最大的智慧是对于欲望的克制，对于完美的克制。**

也许这时候突然停下来，才更像我自己，真正的我是喜欢松弛感的，喜欢平衡的。

虽然每一场直播都有1800人预约，虽然后面5场连麦的15位大咖老师都是好不容易才邀请到的，虽然取消了直播会减少影响力与销售额，但是我觉得与业绩相比，身体健康更重要。

我分别给这15位老师私信，说抱歉，不能如约直播了，也很真诚地解释了其中的原因。

他们都回复让我注意身体，好好休息，相比我的成功，他们都更关心我的健康。

其实，还有一个细节促使我做出取消后面直播的决定。

9月1日中午妈妈来看我，她看到我后面还有一周的直播，说话却这么难受，很担心我，我说别担心，助理会协助我。

她临出门回去的时候，说了一句话："这几天半夜起来，想到你就睡不着。"

我知道，母女连心。我身体上的不适，别人不能感受到的，妈妈可以感受到。

我突然就醒悟过来了，我不能让妈妈担心，不能让妈妈睡得不好，我的每场直播她都会看，我的状态不好，她会心疼。

我就对全职助理们说，取消后面 5 场直播吧。我说了身体的原因，她们都很理解，而且她们奋战了一个月，也已经很疲惫。

做一件大事，对身心都是极大的考验。

奇迹出现了，当我们所有人都放下来之后，我们的业绩反而达成了。

原来，用一种自己舒服的方式去生活，去创业，这样才能持续。

在商业上，我们要根据自身的情况，量体裁衣地规划战略，不能一味被金钱与欲望驱使，去追求不断地扩张。有时候懂得克制，在爱与平静中耕耘，更能释放创始人的能量。

人生之路，慢慢走，反而会走得更快。

不争第一，只做唯一

我梦想中的生活，是自由、浪漫且热烈的。未来，我会与爱人一起环球旅行办公，在经济独立的基础上，去看看这个广阔的世界，遇见不一样的人，不一样的风景。也愿用自己的视频、文字、图片与书籍，传递这个世界更多的真善美，带着更多女性拥有丰盛的人生，创造更大的价值。

十年磨一剑，时光不会辜负我们走过的每一步，我不过世俗意义上按部就班的生活，只想活成独一无二的自己。

不做追随者，愿做引领者；不争第一，只做唯一；飘摇世间，独此一枝。

日子还很长,我的光亮不止于此。

我也愿让更多平凡的女孩,在我的身上看到人生多一种可能性。

亲爱的朋友们,不必成为最完美的人,勇敢成为唯一的自己。吹不出褶皱的日子,也在闪闪发光。

第五章

活出自己：
把自己活出来，
就是对这个世界
最大的贡献

拥有自信绽放的人生

拿破仑说:"人生的高度,是靠自信心撑起来的。"

一个人只有相信自己,一切美好的事情才会在生命里不期而遇。一个人的自信,来源于内在的底蕴与涵养,体现为一种外在的气质和魅力,自信,是前进的动力,是人性宝贵的品质。

我们都想成为一个拥有自信的人,对自己有信心,对自己的生活和人生有信心,但怎样才能做到这一点呢?四个法则让你拥有自信的自己。

自信来自你读书的厚度

"读书使人明智,自信源于文化",我坚信这句话。"腹有诗书气自华",如果一个人有底蕴,他的形象气质就好,说话办事底气就足,所以自信的内在条件是不断提升自我。

你会发现你读过的书、学过的知识、得到的每一次启发,都会浸入血脉里,在人生的关键路口,让你有更多的话语权,得到更多的认可,让你做出更好的选择。

从一个小镇普通女孩成为现在一名女性创业导师,我觉得最大的受益来自从小耳濡目染的家庭读书氛围,以及在高考时人生十字路口上自己的坚持。

我所读的书、所受的教育,让我更积极乐观、美丽优雅,它丰富我的内心,拓宽我的眼界,让我更自信。

如果此时的你还是一名学生,处在迷茫的阶段,一定要坚持读书,唯有读书才是改变自己命运的最佳捷径。

如果你已经步入社会,请不要停止读书和学习,要不断精进、丰盛自己,让你的人生状态更加丰盈。

就像莫言所说:"为什么要努力读书?为什么要多多阅读?只是为了以后不想在碌碌无为中周而复始,不愿在柴米油盐的计较中磨灭希望。而读书就是帮助我们实现价值的捷径。"

自信来自用心的准备

古有语"凡事预则立,不预则废"。意思是任何事情都要做提前准备,不做充分的准备往往不能成事。都说成功永远都是留给有准备的人,自信也是。

自信不等于实际能力,你只有经过努力,才有自信的能力,机会留给有准备的人,运气留给有自信的人。

成功,是世界上每个人都想取得的,有的人穷其一生也寻不到它的踪影,可也有人能收获成功,究其原因,是他们做好了充分准备才行动。

我每次做直播时,尽管已经有了几百场的直播经验,我还是会用心准备。准备大纲，准备输出的关键点，要策划热点话题、直播环节、嘉宾连麦的内容。我自信的底气源于每一次认真的准备，准备得越充分，我就越从容不迫，游刃有余。

自信来自乐观的心态

人生是一场战斗的过程，时而平稳顺利，时而残酷坎坷，谁都不能卜知自己的命运。悲观的人，常常万念俱灰，寸步难行；而乐观的人，总能雄心壮志，步步是路。

低谷时，要常常提醒自己不要继续往下沉，保持乐观的态度。当你有快乐的能量，那些负能量自然会消减，你会重新满血复活。

当以积极的心态去调整后，自己的状态就会慢慢变好，自信的人，内心藏着阳光，无论身处怎样的境遇，都不会抱怨，都会微笑面对生活。

当你拥有了积极乐观的心态，那么就有了跨越一切困难的决心与勇气，最终战胜人生中的磨难与考验。那些低迷的时光，终会化作照亮你前路的光。

在人生的旅途中，我们会遇到各种各样的困难与磨难，无论如何都要有一颗乐观的心，对于已经发生的事情，我们只有乐观面对，才能够更好地处理事情和解决问题。去靠近乐观的人，让自己变得阳光正能量，跟乐观的人在一起，是治愈人生最好的解药。

我的爱人闫凌，他最吸引我的不是周游世界各地的经历，而是无论何时永远有一颗乐观的心。即便事情糟糕透顶，他总是不绝望、不放弃、不悲观、不言败。他的乐观也影响着我，让我更加乐观。而这种乐观情绪能激发我的奋发精神，让我更加自信地面对未来，更有效地解决发生的问题。积极乐观的人像太阳，照到哪里，哪里就有光芒！

旅行让我们增强自信

人在处于低谷的时候，旅行往往是调整自己最好的方式之一，去看日月星辰，去踏山川湖海，去阅世间万象，去览人生百态，一场旅行，可以治愈一切的不开心。

当你旅行的时候，不仅可以看到美景，还会看见不一样的世界。你在旅行中遇到的人和事，会让你变得豁达乐观，不再是一味抱怨。心态决定姿态。

在广阔的世界行走，内心变得宽广和包容，身心得到成长和蜕变，你会重新审视自己的人生方向，思考过去没有想过的问题，学会释然，找到走出困境、解决问题的方法，迎接全新的自己。

一个人的旅行是冒险，两个人的旅行是浪漫。2023年的1月至3月，我和爱人闫凌在三亚度过了一段美好的旅居生活，让我对人生、对生活、对事业、对爱情甚至是对自己都有了新的定义。

和自己喜欢的人一起旅行，时光都会变得温柔起来，那些旖旎风光，有人相伴，有人可谈，所有的风花雪月、浮岚暖翠，都有了具体的画面。

和喜欢的人一起旅行，一起做想做的事情，观世界，聊人生，做自己，在美景和爱人的环绕中，我看到了多样世界观，知晓了多重人生观，也建立了多元价值观，远离狭隘，消解负面情绪，获得新的能量。

旅行，能改变人生，亦能重启人生！

自信的人生是什么？自信就是相信努力，相信坚持；自信就是相信付出，相信给予；自信就是相信成长，相信改变。

自信，是一种态度，是一种能力，是一种潜在的、可贵的并且强大的力量。一颗自信的心灵，对于人生来说极为珍贵。而自信的人生，才更值得我们度过，愿我们都能活出自己自信绽放的人生。

我人生中的贵人

斯坦福大学调查显示,一个人获取到的财富,12.5%来自知识,87.5%来自人脉。我们的人脉圈,决定着我们的未来。而在人脉圈里找到能成就你的贵人是更为重要的。

纵观古今,所有建功立业之人,都有贵人扶持。比如黄石公与张良,鲍叔牙与管仲,又比如现代的朱江洪与董明珠,如若不是他们遇见了自己生命里的贵人,怎么会成就了一番伟业。

而我也有幸一路上有贵人相持,在我想成为一名作家时,遇见了写作路上的指路人雪小禅老师,因为她的指引,我出版了5本书,拥有了很多喜欢我的读者。

当我希望通过个人品牌轻创业实现财富升级时,遇见了创业路上指引我的猫叔,因为他的建议,我升级了赛道,找到了方向。

"人有冲天之志,非运不可自通",好运气,让你事半功倍。贵人的扶持,让你青云直上,令你前程似锦。

贵人是为你指点迷津、拨开迷雾、给你带来光明的人，贵人是为你雪中送炭、助你改变现状的人，贵人是为你打开眼界、提升格局和境界的人。

那么，如何让你的人生拥有贵人相助呢？

谁是你人生路上的贵人

我们都期望人生路上有贵人相助，而谁是你的贵人呢？

第一个贵人是父母。

父母是我们最大的福田，父母是一个人生命中最亲密的人、也是人生中第一个贵人。他们是你生命中的至亲之人，是你一生的托举。

影响一个人成长的因素有很多，除了天赋、智能结构、生活环境，其中影响最大的就是父母，相对于有形的财产，他们身上优秀品质的潜移默化和文化的传承，才是真正给予我们的无价之宝。

父母提供我们生活，给予我们情感上的支持，是我们人生路上最坚实的后盾。无论何时，他们支撑着你前行，成为你勇往直前时最大的底气。

他们为你抵挡狂风暴雨，为你抗住这世间所有的伤害，为你创造最好的条件，让你活得轻松而舒适。父母对你的付出，是无私的、不求回报的。

在你危难的时候，唯有父母会不加思索地前去解救你，默默奉献和付出，他们才是我们一生最重要的贵人。所以，要爱自己的父母，珍惜与他们相处的每一天。

我现在每个月都会给父母生活费，这个举动已经成了一种习惯，这十年都没有中断过。我把这件事情当做非常重要的事情去做，父母之恩，值得用一生去报答。

第二个贵人是自己。

道藏《本相经》中讲："水不渡人，人自渡之。"人生漫漫，即使有再多人相助，也要先学会自渡。

只有自己不断拼搏、不断努力，成为自己的贵人，人生才会有无限的可能与惊喜。

你要不断提升自己，积累经验，保持积极心态，应对人生中各种挑战。坚持下去就会得到机遇，取得更好的成果。当你有足够的能力，贵人自然降临。

所以如果我们想遇到伯乐，一定要先把自己打造成一匹千里马。当你拒绝平庸，把路走宽，成为"潜力股"，就会发现身边处处有伯乐；当你能力超群，成为独当一面的"实力派"，你的人脉也会在不知不觉中提升几级；当你沉淀自己的价值，成为真正的强者，即便身处绝路，也会得遇贵人而柳暗花明。

说到底，你才是自己的贵人。

第三个贵人是自己的爱人。

在你的人生中，爱人是你重要的贵人，他和你形影相随、朝夕相伴，他是你身边最亲密的人，他的作用是任何人不可替代的。

他是你的精神支柱、情感支持，给你关怀、给你陪伴、给你鼓励，帮助你面对生活的挑战，在你身处低谷时，给你温暖与爱意，助你走出困境，重新起航。无论你陷入怎样的境地，无论你遇到多大的事，他都愿意陪伴在你身旁，让你更有力量地追逐人生绚烂的风景。

第四个贵人是我们的师长。

《平凡的世界》里说："一个人的思想还没有强大到能完全把握自己的时候，就需要在精神上依托另一个比自己更强的人。"读万卷书，行万里路，都不如高人指路。

我们在人生的路上会遇到一些这样的老师，他是你的老师或者领导，他会为你指点迷津，让你获得成长。

我在《你的人生终将闪耀》这本书中写到过我的一位高中老师，正是他的鼓励，改变了我的人生。在我们的生命历程中，能够遇到一位指引你、教诲你的老师无疑是你生命中的贵人。

他让你懂得了生活的意义和生命的真谛，他让你望见了在人生路上的那根标杆。能让你用一生砥砺前行，这是何其有幸啊！

第五个贵人是你的同事，你的团队。

一个人可以走得很快，但一群人才能走得更远。一个人的力量是单薄的，但如果是一群人，相互支撑，相互鼓励，不断给予对方力量，就会产生巨大的群体力量。

所以，那些愿意陪你一起经历风雨的伙伴，一定是你的贵人。

他们支持你，在关键时刻和你共进退，陪在你身边。他们点燃你的激情、觉醒你的自尊、支持你的决定，他们和你分担一切的苦、分享一切的乐。

团队的重要性毋庸置疑，所以要爱你的团队，爱这些贵人，当你给出爱的时候，你的团队也会给你更大的能量。

第六个贵人是朋友。

朋友是生命中的伙伴，正能量的朋友，是雨中的伞、冬天的炭，永远对你不离不弃、无私帮助，给你支撑，将你拉出人生的泥泞，面向阳光走出困境，帮助你度过人生中的一些难关。

人与人之间的磁场会相互影响，和什么样的人在一起，你就会成为什么样的人，拥有什么样的人生。

我们要有选择地去靠近那些拥有正能量的人，与正能量的人同行，他们会促你上进，给你向上的引导，照亮你的生活，让你变成一个积极乐观的人，让你变成更优秀的人。

如果你生命中有这样的贵人，一定要表达你对他的爱，比如我的闺蜜艳姐，我每个月会送她一本书，我珍惜这份友情，这世上，朋友是我们自己选择的家人。

除此之外，贵人还会是其他与你有紧密联系的人，比如亲戚、合作伙伴、客户、盟友、领导、教练等。

人生中的贵人会受到机遇、环境和时代背景等因素影响。如果身处良好的机遇和环境中，就可以更好地发挥自己的优势，获得更多的机会和成就。

一时有贵人，那可能是运气；一直有贵人，那一定是实力。

真正的贵人运不是求来的，也不是争来的，而是用实力换来的。我们只有不断提升自己，才能够更好地发现身边的贵

人。当你成为真正的强者，愿意成就你的人便会越来越多。

搭建智囊团：找到愿意帮助你的贵人

在成功的道路上，人脉比能力更重要。你的人脉圈子，在一定程度上决定了你的层次。

那些亿万富豪、商业大佬们，他们成功的原因并不仅仅因为自己天才的构想和强大的意志，重要的是他们本来就处在一个顶级圈子里，那些已经成功的人乐意为他们拔刀相助，所以他们才成了后来的成功者，这就是"成功的真相"。

"择良木而栖"，建立高质量人脉圈，找到愿意帮助你的有识之士，因为他们就是你的"智囊团"。

一个人要想获得成功，离不开一些关键人脉的帮助，一个人的力量从来都是有限的，成就梦想除了需要付出很多努力，经历很多艰辛外，很必然的一点就是要得到别人的帮助。

2020年初我在猫叔的群里面链接到了"特立独行的猪先生"，在猪先生的帮助下，我开始搭建自己的智囊团。

他的商业思维很强，手把手地指导我做运营，处理每一次的危机，让我获得很大的能量。所以，我建议大家一定要搭建自己的智囊团，让更多优秀的人成为我们的贵人。用成功人的经验缩短我们获得成功的路程，提高我们的效率和成功率，从而得到更快发展。

如何找到自己的贵人

贵人可以改变我们一生的命运，那么如何链接到生命中的贵人呢？

加入微信群

微信群是一个非常好的结交人脉的途径，你要找到适合自己的微信群，在群内可以与同行业的专业人士互动交流，分享经验和观点，获得更多的认可和支持。做到以下几点，你会让自己在微信群获得更多的成长。

第一，你要积极参与社群互动。通过分享自己的经验、提出问题、回答问题等方式与其他成员进行交流，增加自己在社群中的曝光度。可以写复盘发群里，私信那些在群里给你鼓励的人。

第二，在社群中细心观察其他成员的行为和表现。可以通过这些观察找到可能帮助自己的潜在贵人。可以关注他们的文章和讨论，与他们互动，寻求建议和支持。

第三，主动结交社群成员。可以通过私信、问候、分享、感谢等方式与其他成员建立联系。可以向其他成员提出帮助，建立互助关系，逐步建立起对方对自己的信任和支持。建议大家可以约云咖啡、约互推、约直播，这都是很好的链接方式。

第四，提升自己的价值。提升专业水平和影响力，可以分享自己的经验和知识，或者分享学习、阅读的收获，建立自己的专业品牌，吸引更多的关注和支持。

总之，在微信社群中寻找贵人需要耐心和细心观察，同时也要积极参与社群互动，提升自己的专业能力和品牌形象。只有不断地积累和努力，才能在微信社群中找到能够帮助自己的贵人。当你能量足够大的时候，机遇和贵人便会主动来敲门。

关注自媒体平台

现在的自媒体已经成了我们生活中不可或缺的一部分，比如新浪微博、抖音、小红书、视频号等，关注这些自媒体平台，也是链接贵人的好方法之一。

你可以在平台上与同频的人互动，了解他们的经验和见解，关注一些行业大佬，学习他们的思考方式和做事方法；也可以发表一些见解、评论，引起大佬们的注意，从而达成链接。

参加线下活动

通过参加线下活动，你可以认识一些同频的人，认识一些在圈内有影响力、有正能量的人；还可以了解最新的业内动态，提升自己。线下活动巨大的优势是，可以加速你与同频人的深度链接。

朋友转介绍

转介绍是公认的最高效的链接方式之一，你想链接一个人，可以通过一个朋友去认识这个人。所谓的六度人脉，就是你要想认识一个陌生人，通过朋友是很容易实现的。因为有转介绍朋友作为关系纽带，你能够快速赢得别人的信任，成功率会比较高。

付费链接

有一些人，往往他们都是有优质生活状态的人，靠近他们就能被动汲取到智慧、高能量和优质的生命状态。

这是一种潜移默化的力量，如果你想去链接贵人，获得这种生命状态，想要把人生榜样变成人生中的贵人，你要去为他付出时间、精力，以及进行付费。付费是门槛、是筛选，不断筛选出更加坚定、坚持、想要达成目标的人。付费链接是一种提升自己最好的投资，通过付费获得牛人的智慧、得到他们有价值的信息。

在信息泛滥的时代，我们链接贵人的最佳捷径、最简单的方法就是购买有价值的信息，也就是知识付费。

维持与贵人的关系

与贵人交往，不仅是人脉的积累，更是人生的一种智慧，想要维持与贵人的关系，要做到以下几点。

第一，感恩。对于贵人给予的帮助和指导，应该心怀感激，表达自己的谢意，让贵人感受到你对他们的重视和尊重。我建了一个100个人的"贵人清单"，逢年过节我都会发祝福，给重要的贵人寄礼物、写手写信，让他们感受到我的诚意。

第二，保持联系。与贵人保持联系是维持关系的关键，可以通过邮件、电话、微信等方式定期与他们保持沟通，分享自己的进展和成果，听取他们的建议和意见。

第三，继续学习和成长。要持续学习和成长，不断提升能力和水平，成为贵人所看重的人才。你只有自己越来越强大，才会被更多人认可。

第四，为贵人提供帮助。人际交往是一个互相嵌套的过程，彼此提供的价值越大，嵌套得也越深。你要积极为贵人提供价值，这样的链接才会长久。可以给贵人介绍一些有用的资源、提供一些专业知识和技能、分享一些有趣的内容等。

第五，给予鼓励和赞赏。当贵人面临困难和挑战时，你可以给予鼓励和赞赏，让他们感到被理解和支持，这将会为他们提供更多的情绪价值。只要你发自内心地鼓励和赞美，就会有巨大无形的能量回馈给我们。

李延年曾经说过："一个人如果要成功需要三分的天赋，六分的努力，一分的贵人扶持。"

人生如逆旅，时常经风雨，我们要想在人生路上行稳致远，贵人的帮助功不可没。

感谢生命中所有的贵人，更要感谢自己，是我们自己努力，命运才会眷顾我们。

那些愿意拉你一把的人，正是因为看见了你高举的手。当一个人不断蓄力、奋起向上的时候，身边的贵人就会越来越多。

得伯乐垂青，不是因为命好，而是自己值得，只有自己百炼成钢，才能将命运掌握在手里。

实现财务与时间双自由的丰盛人生

实现财务与时间双自由，源于我抓住了 6 次时代风口

2016 年我辞去大学教师的工作，开始线上轻创业，到现在已经过去 7 年多了。从清贫到富有，从自卑到自信，从束缚到自由，从孤独一人到遇见灵魂伴侣，从小我的"独乐乐"到带着更多女性一起创造美好生活的"众乐乐"。

那些走过的路，那些笨拙而缓慢的生长，会让生活变得独立而丰富。

慢慢变好，是给自己最好的礼物。

这 7 年，我做对了什么，才发生了如此大的改变呢？

答案是：顺势而为，抓住时代的风口。

一是，2013 年，抓住了公众号风口。

2012 年 8 月 23 日，微信公众平台正式上线。我在 2013 年就开始做公众号，直到现在，9 年过去了，没有停止更新过一天，如今，积累了 6.3 万粉丝。

除了在自己的公众号"遇见李菁"上发文章，我还去给几家千万级的公众号投稿。在不懈努力下，我成了头部公众号"十点读书"的签约作者。2017年的时候，签约作者在上面发文章可以发自己的微信号，好几次文章在该平台发布后，就会有几百人加我的微信。

2015年10月，我用心创作的一篇描写女中医和爱人隐居终南山的图文发布在了"视觉志"公众号。万万没有想到，一夜之间就火便全网，被凤凰网、新浪、腾讯等多家网络媒体转载，阅读量累计超过8000万人次。女中医如是姐也因为这篇图文被更多人知道，很多人争相去采访她。

我还因为这篇图文被更多人知道，在很多读者的心里留下了"李菁不仅文章写得好，照片拍得也很美"的印象。

我也因此获得了很多与平台合作的机会，有一家服装品牌还专门付费让我去丽江给他的团队写故事，拍摄照片，以此来传播品牌。

可以说，公众号是我打开人生新大门的钥匙，通过这把钥匙，我得以成为一个被更多人看见的新星。

二是，2016年，抓住了知识付费风口。

2016年，各类知识付费产品在互联网上兴起，主要是面向个人的知识产品与服务。也正是那一年的6月，我因为渴望获得时间自由，果断辞去了体制内的工作，扎根于知识付费领域，在互联网上开设摄影班。

我之所以敢教别人摄影，是因为硕士所读的专业是艺术设计，学习绘画与艺术近十年，在大学教了一门课"广告摄影"。

另外，我还在那两年拍摄了大量摄影作品，积累了很多粉丝。

第一期"李菁摄影梦想网络课堂"，我用三天时间招募了100名学员，后来，很多年后有朋友问我是怎么做到的？

回想起来，我觉得最应该感谢的是自己一直在打磨作品，并且很早就有了用书籍和文章积累粉丝的意识。很多读者因为喜欢我的文字，转而喜欢我的摄影作品，愿意为我付费学习。

我把人生中第一桶金转给了父母，我惊喜地告诉他们，互联网教学就是当下的机会所在，我既然有一技之长，就可以利用互联网来养活自己。

也是因为有这样的成绩，父母才允许我辞去了稳定的教师工作。

这是我走出舒适区的开始，也是我为自己打开了一扇新世界的窗户，从此，我的世界变得越来越精彩。

因为走上了知识付费这个行业，我改变了自己的命运，把知识变成了物质财富。

三是，2018年，抓住了民宿行业风口。

2017年民宿行业在国内兴起，最知名的要数莫干山旅游休闲观光区一带，汇集着大量名声在外的民宿。民宿不仅是一种旅游方式，更是一种生活态度。同年，我决心在家乡湘西浦市古镇开一家中高端民宿。

2018年，我精心打造的民宿"遇见美宿"正式开业，因为浦市古镇刚被评为AAAA级景区，观光游客并不多，作为浦市第一家民宿，很多人表示担忧。但是我却依然毫不畏惧，只管去做。

2018年5月8日，我在刚刚开通不久的民宿公众号上发布了一篇名为《28岁女作家在湘西千年古镇开了一家充满美意的民宿，她把日子过成了无数人的梦想》，这篇图文一个晚上竟然获得了30万人次的阅读量，我利用文字、摄影与自媒体推广的优势让"遇见美宿"迅速成了湘西的高人气民宿。

"遇见美宿"吸引来了北上广深大批有审美、有文化底蕴的知识女性入住，旺季时常常是一房难求，需要提前一个月订房。

我在民宿看书、写字、喝茶、赏花，与客人聊天。很多人说，我把日子过成了无数女人向往的样子。

"遇见美宿"不仅让更多人知道了我的故事与作品，也带动了我的家乡浦市旅游业的发展。

四是，2019年，抓住了个人IP赛道风口。

虽然我通过经营网红民宿提升了个人的影响力，但是不得不承认，因为民宿淡旺季太明显，又加上浦市古镇太偏僻，我们经营得很艰难。

我们要有情怀，但是同时也要有支撑情怀的物质基础。因此在2019年的下半年，我开始把注意力转向了擅长的线上事业，我开始关注到个人品牌。

美国管理学者汤姆·彼得斯说："21世纪的工作生存法则就是建立个人品牌。"

2020年初，我加入了剽悍品牌特训营学习，这是改变我人生轨迹的一个社群。在猫叔的建议下，我的定位从"手机摄影美学导师"升级为"女性个人品牌商业顾问"，成立"菁凌研习社"平台，从以前单一的训练营产品到如今搭建了助力女性打造个人品牌的知识服务产品体系，打造"女性个人品牌社群"，我帮助了很多女性实现了个人品牌变现，同时，我的营收也实现了倍增。

为了提升自己的商业思维，这两年我付费百万，向很多在个人品牌方面有结果的老师学习，比如张萌老师、猫叔、秋叶大叔、薇安老师、张丹茹老师、文韬老师、卉哥、行动派琦琦、格掌门……

我特别感恩一路助力我的恩师们，因为他们的指导，让我少走了很多弯路，也让我知道了商业的本质就是利他。只要我能为更多人提供价值，就能实现更大的梦想。

2021 年，在老师的指导下，我打造了几万元的高价产品"菁凌私董"，这个产品手把手助力 IP 实现商业模式升级与营收翻倍。让我没有想到的是，到目前为止，这个产品竟然有几十位优秀的学员报名，我的时间也变得更值钱！

五是，2020 年，抓住了短视频风口。

我从 2020 年 4 月中旬开始做视频号。视频号是平行于公众号和个人微信号的内容平台，是一个人人都可以记录和创作的平台。我相信它会非常适合成为普通大众创作短视频内容的平台，前景广阔。于是我先后运营了 5 个个人视频号账号，每个账号的定位都不同。

目前我聚焦运营"遇见李菁"，这个视频号已经通过了黄 V 认证，拥有 3.7 万粉丝，并且持续打造了多条 10 万 + 阅读量的短视频。

通过一条 100 万人次阅读量的短视频，我的视频号增加了 8000 个粉丝，有几千人通过视频号加了我的微信。

我的许多高付费用户都对我说，之所以对我产生信任，马上付费，就是因为看了我的视频号，觉得我的生活就是她们向往的，所以想靠近我，向我学习。

六是，2021 年，抓住了直播风口。

很多朋友看到我在线上的事业做得风生水起，殊不知创业总会遇到低谷期。

2021 年年初我因为胃食管返流引起的咽喉炎，整整三个月不能说话。作为一名靠授课与咨询赚钱的老师，不能说话，就意味着不能服务用户。再加上朋友圈卖课越来越卷，报课的学员缩减，我的业务停滞，很多人员成本却需要继续支付，这导致我的银行卡余额所剩无几。

那段时间我内心充满了焦虑，有一天晚上终于在爱人闫闫面前泣不成声，因为我不知道该如何求内在的安定与事业的发展。在他的提议下，我去三亚休养了一周，回来之后是 4 月，经过中药调理能说话了，但是说话时长不能超过 1 个小时。

当时看到业内很多老师都在做视频号直播，多年做自媒体的经验让我意识到这是一个不可多得的机会。直播可以低成本获得流量，并且直播是影响力的放大器。视频号直播根源于微信生态，这正是我的优势，因为那时我的视频号已有 2 万多粉丝，我很清楚，视频号直播是我逆风翻盘的机会所在，一定要奋力一搏。

2021 年 4 月 24 日我开始做视频号直播，虽然我的嗓子还在恢复期，不能说太多话，但是我可以用连麦嘉宾的方式。自那以后，我就一直用连麦的方式，边聊边卖课，实现业绩增长。

在视频号与上百位大咖老师连麦，我的表达力提升了，影响力也随之提升。

2022 年 4 月，我凝聚了团队力量，达成了百万直播间的目标。因为抓住风口，我看到了自己商业上更大的潜力。

由此可见，一个人想要有所成就，一定要了解社会的趋势，找到适合自己的着力点顺势而为。判断时机，把握住时机，是我们的必修课。

适合素人的个人 IP 商业护城河金字塔模型

我自己就是从素人起步成为一个有竞争壁垒的 IP，实现了影响力和财富的持续增长。我独创了适合素人的个人 IP 商业护城河金字塔模型，分享给你们。

第一，搭建 1 万人的私域流量池。

在互联网时代，流量所在的地方就是营销渠道汇聚的地方。私域流量不仅能减少沟通成本，让我们得到用户的信任，从而达成合作，也可以帮助我们提升自己的品牌价值，成为一个利他的人，建立一份小而美的事业。

简而言之，运营好私域流量，你可以打通线上线下渠道，解决困扰很多人的流量难题。

我从之前的 1 万微信好友增加到了现在的 8 万微信好友，学员也更多，我的财富也得到了增长。可见，私领流量池对一个创业者来说非常重要。

8万微信好友,我用了9年时间,如果你刚刚起步打造个人品牌,可以定下1万人的目标,因为现在一个微信最多可以加1万好友。

这些私域流量可以从哪里来呢?

一是,优质内容吸引免费流量,公众号、短视频、直播都是内容输出的方式;二是,付费进入优质的社群,提供价值;三是,流量互推,找到同频的人在微信朋友圈互相推荐;四是,从公域吸引粉丝到私域流量,如抖音、小红书、知乎等;五是,出版1本纸质书,用思想吸引一群想要靠近你的人。

我在微信生态的私域积累也得到了很多老师的称赞,孔蓓老师说我是"微信流量女王"。

私域的积累也让我得以帮助更多人。猫叔的个人品牌增值笔记第二季,我用5天时间推荐了313人购买了猫叔365元的知识星球,带来了11万元的业绩,位居推荐榜单第3名,荣获"剽悍江湖2022年度杰出贡献人物"。

猫叔专门在"剽悍一只猫"公众号为我写了一段文字,他说,"李菁是一个奇人——长期住在湘西某个偏远的小镇,过着田园生活,同时,写出了好几本畅销书,她还精通互联网营销,积累了好几万的私域流量,生意做得风生水起。"

第二,找到1000名铁杆粉丝。

我的1000名粉丝是从哪里来的呢?

一是阅读过我的书的人,我已经写了5本书;二是浏览过我公众号的人,我已经更新了9年公众号;三是刷到过我短视频的人，我已经创作了几百条优质的 vlog 短视频；四是停留过我直播间的人，我已经直播了 200 多场；五是看过我在社群里分享价值的人，我已经付费加入了 100 个赛道相关的社群……

我的 1000 名粉丝又沉淀在了哪里呢？

沉淀在了我的社群，我建立了许多社群，主题很多，如"写作""直播""短视频""书籍"……

第三，吸引 500 名超级用户。

什么是超级用户？就是那些买过你的产品，有超强黏性，并且能为你做口碑推荐，带来更多新用户的人。

你可以从 1000 名铁杆粉丝里筛选出 500 名超级用户，作为个人 IP，能拥有 500 名超级用户，你就有了自己的超级核心壁垒。这一群人愿意为你花钱，愿意为你花时间，只要你用心服务好这些超级用户，你也会反过来被他们赋能，得到这一群人的滋养。这一群超级用户是你拿真心换真心的人。

我自己从 2020 年开始招募"女性个人品牌社群"的学员，知识付费行业的许多产品大多是让这群人成为平台的经销商，吸引更多人来到平台学习，但是我打造这个付费社群，是想要帮助 500 位女性打造她们自己的个人品牌，不是帮我们卖产品，而是教她们如何找到定位，搭建产品体系，如何把自己的产品卖出去，实现个人价值的变现，把热爱变成事业。

如今，两年多的时间过去了，这个社群已经有 400 多位女性加入，我希望在 2023 年能集聚 500 名女性，我们一起向前走，抓住个人品牌新红利，拥有一份小而美的事业，帮助和影响更多人。

超级用户不是等来的，而是被你吸引来的，想要吸引你的超级用户，就需要提升自己的能力与人格魅力。

第四，培养 50 名核心人才。

事业刚起步的时候，我是一个人活成了一支队伍。每天有大量的线上工作需要处理，手机上有回不完的消息。

有一次早上起来就拿起手机工作，突然颈椎病发作，头晕目眩，差点晕倒。后来表姐红娘子知道了，建议我一定不能再单打独干了，要聘请全职助理分担。

表姐的话我深信不疑，也意识到自己需要搭建一支团队，事业才能越来越稳定。

对于个人 IP 轻创业来说，在人才搭建上分为两条线：一条线是线下全职助理；另一条线是线上兼职团队。

全职助理是团队的核心力量，所以在人才的选择上需要非常重视，毕竟对于初创公司来说，选人比培养人更重要，另外在招募数量上不能盲目追求数量，而是做到少而精。

从 2020 年开始，我用了两年时间招募线下助理核心团队人员。我在招募线下全职助理的时候，不是到各大人才招聘网站去招募，而是从我的微信朋友圈，我甚至还专门做了一条招募助理的视频发布在视频号"遇见李菁"上面，呈现我的故事和价值观，这样我招募过来的全职助理，就都是对我有一定了解和喜欢我的姑娘，与我一样向美而生，正心正念。

其实我们在找线下全职助理的时候并不占优势，因为我们是在小镇生活，办公的地点也是在小镇，很难有互联网的运营人才能够不远万里为我们而来，所以我们用了整整两年的时间才有了稳定的全职助理团队。2021年最难，因为全职助理团队一直搭建不起来，这一整年我都没有离开过小镇。

功夫不负有心人，目前我们的核心团队已经聚集了4位互联网的人才，有菁凌首席操盘手小美、菁凌首席运营官小雅、菁凌首席内容官小云以及菁凌首席服务官小静。她们都是从大城市来到小镇，与我一起创业的女性，她们非常优秀，让我很多商业构想都变成了现实。2022年我们一起达成了两次百万直播间的里程碑事件。

另一条是线上的兼职助理，我们也是在2020年开始搭建线上人才体系，我的商业顾问给我分析，只有我的核心用户，只有从我的平台学习成长起来的人，才会带着爱与我一起共创这份事业，也才会有相同的价值观。

我听话照做，每次训练营结束之后，都会邀请优秀的学员加入我们的线上核心团队。另外，我们也会从核心用户里面选拔出优秀的家人，成为菁凌研习社的轻创教练，一起共创平台生态，帮助更多的女性实现价值变现，同时她们也获得了多管道的收益。

很多事情通过线上云办公就可以实现，所以即使在受到社会环境影响的情况下，我们的公司业绩没有下降，反而增长了。

目前，我们有50人左右的线上兼职团队，比如运营官、设计师、战略顾问、编辑、签约作者、主播等。他们都是我们平台的共建者，也都是从超级用户里选拔出来的来自全球的优秀人才。

虽然我们平台只有几个线下全职助理,但是每次在做大活动的时候,都能够调动上百人的团队,就是因为有长期培养的线上核心人才,才让我们能够创造更大的势能。一群人凝聚在一起,才有更大的力量。

个人 IP 若想把自己的平台做大,一定要搭建团队,找到 50 名核心人才。IP 也是有短板的,我们可以让更多、有优势的人去弥补创始人的短板,让创始人能够有更多的时间和精力投入到自己擅长的领域,比如内容的创作、战略的规划、向上的社交、学员的深度交付和陪伴。这样我们才能保护好创始人 IP 的精力,让 IP 在爱的守护下发出更耀眼的光芒,这束光也会吸引更多的人,且会照亮更多的人。

个人 IP 轻创业,是女性把热爱变成事业的最优选择

这是一个个体崛起的时代,有越来越多的女性像我一样选择个人品牌轻创业,用知识重塑自己。

女性轻创业不追求融资,也不会盲目扩大规模,更不会追求上市,而是追求一种小而美的创业方式。在创业的过程中会看重事业与家庭,生活以及自我的平衡,在理性的商业里融入更多自由浪漫的情怀与感性的价值,拥有丰盛的人生。

这几年,作为女性个人品牌商业顾问的我,帮助了很多向美而生的女性通过个人品牌轻创业,把热爱变成事业,也让我看到了这件事所带来的价值。

打造个人品牌,你一定要知道,你是谁(定位),为谁

（用户画像），用什么方法（产品体系），解决什么问题（解决用户的痛点），让用户因为购买了你的产品，使他们的生活从一种非理想状态转向理想状态。

昨天有一位微信好友在语音约聊里问我，打造个人品牌的好处是什么？

我毫不犹豫地回答，它会让你拥有很多"隐性资产"。你写的公众号文章、创作的短视频、写下的书籍，都是隐性资产，不仅当下能产生价值，很多年后依然能给你带来源源不断的粉丝，带来持续增长的被动收入。

一定有一种生活，可以不再被时间或金钱逼迫，回归内心；一定有一种人生，在做自己的同时也能够贡献社会。

当你活得越绽放的时候，周围的人就会越爱你，越愿意跟随你。

实现一年顶十年的成长

一朵花的盛开往往需要充沛的水分与土壤，而我们事业的绽放更离不开好老师的指引。

我从 2020 年开始跟随剽悍一只猫老师学习，得到了他的很多指导与帮助，收获到人生宝贵的财富。

大家都习惯称呼他为猫叔。我一直说，猫叔是我创业路上的恩师。因为在他的建议下，我走上了个人品牌商业顾问之路，找到了高价值定位，打造了高价值产品，结识了优秀的圈层和人脉。自此，我的人生开始变得不一样，实现了物质和精神的双富有。

猫叔曾经跟我说过：想要取得大的进步，一定要去线下见高人，只有见到，才会引发更大触动。

这次有幸参加猫叔的线下个人品牌商业思想闭门会，与他见面，近距离学习他怎样教书育人，我的内心受到了很大的触动，不禁感叹猫叔真的是在用生命影响生命。

吃止语晚宴，古琴《遥远的旅途》从耳边荡漾开来。

我坐在离猫叔很近的地方，一边吃着美好的食物，一边沉浸在优美的音乐中，只觉得时间就此静止下来了，那一刻内心生出一股巨大力量，是柔软的力量，是慈悲的力量，是感恩的力量。

那一刻，我的眼眶不禁变得湿润，觉得此生如此幸运，能遇到这样好的老师，可以近距离感受如此能量，真是极为珍贵的人生宝藏。

那一天半的时间里，我静静地感受来自猫叔的教导，觉察到老师心里的仁爱之心。他把每位学员都放在心上，希望学生们拥有更美好的关系，得到更好的改变，活得更好、更幸福。学生一点一滴的改变，都是他心里的荣光与喜悦。

在教授商业智慧的同时，他传递给学生更多的，是来自生命的力量、生命的教育。

跟随猫叔学习三年多了，今天，我也想把自己在猫叔身上学到的商业智慧分享给你们，这些智慧就像珍珠一样，会在你的内心散发出光亮，给你前行的力量。

阅读经典，汲取智慧

猫叔出生在地理位置偏远的乡村，常年帮着家里放牛、砍柴，但他一直没有放弃学习，并通过读书走出大山。

当年去上海打拼时，他带了16个编织袋的书。现在，即使他已经有了很不错的积累，仍然还会每天读书。

特别值得一提的是，这两年，他在踏踏实实读《论语》，不仅会阅读，还会逐字逐句地朗读并录音，不断加深对经典内容的理解。他告诉我们，不仅要读市面上的畅销书，还要读一些经典著作。我们可以学习古人的智慧，成就自己更大的价值。

他不仅自己读，还会带着学生们共读《论语》。在他看来，共读经典最好的方式就是"以经解经"（用自己的经历、经验去解读经典），他只分享在经典书籍里自己已经践行得很好的智慧，这样也是在用自己的生命智慧启发身边的学生，会让更多人看到榜样的力量。

带着大家读经典书籍，有什么样的好处？

最关键的是能够让学员跟着一起，建立一套价值观的系统和共同话语体系。而这能够将自己和用户强绑定在一起，拧成一股绳，体现出更大的凝聚力。

找到符合自己价值体系的经典书籍，再向下深挖更古老的智慧。不断向学员输送共读书籍的营养，才能更好地同频共振，在经营商业的同时，修好自己的这颗心。

远离人群，自我精进

猫叔自 2016 年 10 月开始，不再公开露面。截至 2022 年 11 月，已经过了 6 年多的半隐居生活。

人有了影响力之后，大多会更高频次地出现在粉丝面前。现在又是短视频和直播的红利期，大家都蜂拥而至地出镜拍爆款短视频，做直播大事件。但是不管外界如何热闹喧嚣，有什么红利，什么风口，猫叔依然过着他的半隐居生活。

江湖上关于猫叔的传说至今不衰——

2019 年，他与"樊登读书"合作举办线上年度分享，单场分享一周内销量突破 11 万份，无数人通过这场分享获得了个人成长的力量。

2020 年，他出版了《一年顶十年》一书，该书首月发行量达 20 万册。很多人看了这本书后，把书中金句"我是干大事的人"打印出来贴在墙上，以此激励自己。

他的"剽悍个人品牌特训营"，被称为个人品牌界的黄埔军校，很多人都以加入品牌特训营，成为剽悍老铁为荣……

但是很少有人见过猫叔，甚至连"剽悍个人品牌特训营"的线下聚会也见不到猫叔本人。大家都觉得猫叔神秘莫测，境界高深。

他私下给亲近的学生说过背后真正的原因：几年前的爆火让他内心有点膨胀，但沉静下来，他意识到应该用更多时间提升自己。所以，他做了一个决定：远离人群，靠近人；远离鲜花和掌声，但要给他人多送花、多送掌声。

他决定沉下心去练好基本功，花更多时间阅读经典，带着学生拿到结果。

也许你会想，现在是直播时代，如果猫叔不直播，大家会不会遗忘他？

不会的。猫叔有他的策略，比如他用书籍传递自己的思想，他在不停地写作，而且是畅销书作家。深度成就少数人，广泛影响多数人，打造成功案例，他的时间也因此变得越来越值钱，线下一天咨询的收费是 20 万元。

现在，"剽悍江湖"的学员里，只有私塾学生能在线下多次见到他，长期近距离跟着他学习。私塾的服务期是 2 年，收费 30 万元，最开始只有一名私塾学生，但是他并不急，用心去做交付，在这个过程中他拒绝了很多人。他不是谁给钱就收，而是在招亲学生，只有真正能尊他为老师的人，能和他一起传灯的人，他才会考虑。如今，他的私塾学生都是各自领域非常卓越的人。

此时，我想到了荷花定律。一片荷塘，先是几朵荷花盛开，用心等待与浇灌，突然有一天你会发现，荷花已绽放了一池。

这个等待与浇灌的过程更为重要。

他想要招一群本身就很厉害的人，这样也会反过来促使他不断精进自己。在外人看来，是师教徒，但是在猫叔看来，也是徒教师，越优秀的人，越是能激发他的能量，越是让他不断精进。

时代浪潮永远不会湮灭真正有大志向且行动力极强的人。

广结善缘，激发善意

猫叔对能够让他产生美好感受的人，会积极表达心中的感谢。

他对值得的人总是慷慨给予。他时常挂念着自己的老师，逢年过节，他会发红包、送礼物，长年累月下来，这种感恩的能量非常强大。

在一个大咖老师做的线下百人分享会中，猫叔给现场每位嘉宾都买了花。看似猫叔给予的是财富和礼物，但实质上是对每个人的关心与挂念。

他给很多人送过礼物，有一位老师在直播间分享过，他收到猫叔寄来的水果，以为是一箱，去取快递的时候，发现是一车，他当时就震惊了。

在这一次 10 月份的商业思想闭门会中，我们吃完晚餐，猫叔带领着我们全场伙伴一起对晚宴的主厨表达感谢。猫叔还特意献上了精心准备的鲜花和锦旗，让主厨感受到了来自我们的敬意与善意。不仅如此，猫叔与生活里帮助过自己的人也会广结善缘，比如给经常合作的快递小哥送鲜花、锦旗。

猫叔的心里，装满了对别人的爱，这种爱不分年龄，不分职业，不分高低，只要对方对他好，他就会表达心中的感恩，与对方建立美好的关系。

猫叔教导我们，经营个人品牌，要想办法激发别人的善意。激发善意越多，越能广结善缘。

猫叔不鼓励大家在公开平台炫耀自己拥有的财富，拿到的业绩，实现的年度营收，因为炫耀会激发人的恶意。

那么，在朋友圈、公众号、视频号等公开平台上可以展示什么呢？展示我们帮助学生拿到了什么成绩，帮助他们实现了什么样的生活。这样才是更正向的宣传，也会收获美好能量。

持续练习，迭代升级

猫叔用长达 8 年的时间，练习自己的即兴问答能力。

滴水穿石，厚积薄发。通过这种大量练习，他获得了极强的答疑解惑能力和创作能力。

曾经有段时间，猫叔有长达五个月不能做线下课的交付。然而他并没有停下来，而是用好这段时间，读了大量资料，写了大量文字，不断与高人通话交流，持续精进自己。

再重新回到线下，他发现自己的线下交付能力又有了非常巨大的进步，时光没有辜负每一次的努力。

筛选用户，建立关系

猫叔曾建立了一个收费社群，他在经营的过程中不断劝退，退还的费用高达百万元。

猫叔与他的团队始终认为：筛选，是最重要的运营工作。不收不该收的钱，不教不该教的人。

最近猫叔打造了新的产品——剽悍个人品牌创业俱乐部，在申请过程中也会层层筛选。

一是，用心填表；二是，两个创业教练同时线上面试。

猫叔说，做圈子型的产品，最重要的是里面的人和文化。人没筛好，文化就没法建设好。

我第一时间加入了剽悍个人品牌创业俱乐部，因为这几年我在猫叔的社群链接到了很多优秀的同行者，我在这个大家庭里面找到了我的商业顾问、社群顾问、群发售操盘手、声音教练、图书编辑，也找到了可以相伴一生的盟友。他们总是在我需要帮助的时候，第一时间出现，让我备受温暖，滋生出更大的内心能量。

猫叔的社群，能让每一个加入的人以一年顶十年的速度成长。

优质人脉，向上学习

光有能力还不够，我们要做事情，就要进入一个足够厉害的圈子。而对此，猫叔做了哪些事情呢？

第一，他在早期时候，用"简书首席采访员"的身份采访了很多牛人，在这个过程中不断增加势能，链接到许多优质人脉。

第二，他通过付费的方式，拜访了许多牛人，面对面进行学习，不断迭代思维和认知。

第三，通过朋友的引荐，猫叔认识了更多人。猫叔是80后，但他常年跟40后、50后、60后、70后交流，为什么呢？因为这些老师人生阅历更丰富，拥有很多关于人生和商业的智慧，可以更好地帮助自己加速进步。

他现在依然会想办法见高人，并且对每个人都极其尊重。

重视身体，长期主义

猫叔非常重视身体健康，每天坚持锻炼，虽然在家做的是简单运动，开合跳、俯卧撑，但坚持不懈，日复一日，体能方面有很大提升。没事的时候还会随着音乐跳舞，享受一段悠闲时光。

他大多时候会选择自己做饭，也会亲近田园，种植蔬菜。不仅生活幸福感直线上升，同时也让自己的体力跟得上目标。

毕竟，不会管理好自己身体的人，就没有资格管理他人；经营不好自己健康的人，又如何能够经营好事业。

猫叔说，要重视身体，我们的黄金时代远没有到来，我们一定要能"熬得住"。他也总是叮嘱我要养好自己的身体，不工作的时候多止语。

善待团队，越近越喜

如果我们不爱近处的人，如何爱远处的人？

在团队成员的身边，我们要做的不仅是领导者，更要做一个老师。

猫叔让他身边五个全职团队成员，升级为剽悍个人品牌创业教练班的学员，成为猫叔最亲近的学生。

猫叔要求她们工作日每天早上每人都要做短时间的分享，提升表达能力。让她们每个人，都在自己的专业领域持续深耕和不断突破。

猫叔不仅关心她们在工作上的成长进步，也会在意她们的身体健康。他要求教练班工作日每天下午的 3 点 30 分到 4 点是运动时间，无论多忙，都不能忘记给自己的身体注入更多能量。

猫叔说，如果你是一艘船，你只有驶过别人的梦想，别人才更愿意跟你一起往前走。

猫叔对待团队的方式也深深启发了我，参加完 10 月闭门会后，我就让我的全职团队每周做一次团队分享，和大家讲述自己对于商业上或者生活中的一些思考。通过这种方式，我与团队之间的关系更加亲密了，同时也加深了对彼此的了解。

我们真的要把对待核心用户的那份用心用情，也用来对待

自己的团队成员，用真心换真心，让爱自然流淌。因为这份愿力于心，我更懂得了向外给予爱，给予财富

真正离自己最近的人是自己，自己活出了喜悦状态，活出了精彩，活成了榜样，很难不影响团队，不影响身边的人，也会更好地吸引远处的人到来。

书写文字，简能通神

猫叔一直鼓励我们多写作，他自己坚持这样践行。每年他都会写"知识星球"，一年写 365 篇，通过写作积累当下经营商业的经验，同时也记录对于人生的思考。"知识星球"上的文字，也会成为他书稿的来源。

书籍是稀有的名片。猫叔建议大家做个人 IP 时，最好每人都要有一本自己写的书，他也始终笔耕不辍。

在写书方面，猫叔建议我们写得越简洁越好，简能通神，他的《一年顶十年》这本书只有五万多字，但是字字珠玑，都是他的智慧精髓。

修好自己，成就他人

猫叔说，做个人品牌，有两种身份很重要：

第一，老师。深度影响他人的同时，自己也会进步得更快。

第二，商人。用好商业思维，提高效率，增加收益。

做个人品牌的核心：就是修好自己的同时，成就更多人。

猫叔立下此生大志：成为生命成长领域的一代宗师，帮助

更多对的人活得更好。

他的座右铭是"以一灯传诸灯,终至万灯皆明"。

他惜时如金,每天都活在自己的使命中,不辜负每寸光阴。

在教学的过程中,他有一种异于常人的松弛感,学生也觉得非常放松,能够感受到他心中的喜悦。

在他看来,传道授业解惑是一件极为有价值、极为快乐的事情。

在线下交付的过程中,他经常会忘记时间,因为只想着如何把智慧倾囊相授。有一次私塾的线下闭门会,他连续奋战了四天四夜,最后一天甚至讲到早上 6 点 30 分。学生们有人躺在地上,有人睡着了打着呼噜,而他,依然精神饱满,挨个给大家提供针对性的反馈和建议。

他有如此大的能量,一是因为他平常非常注重锻炼,体力充沛;二是因为他完全乐在其中,活在热爱里,修己达人。

知行合一,言传身教

猫叔经常会鼓励学生跳舞,因为跳舞能够让一个人变得更加绽放,肢体语言更加协调,也能让一个人的身体变得更好,整个人看起来更有精气神,给人传递的能量完全不同。跳久了,你将会迎来很大变化。

2022 年上半年,他在家闭关很久,为了让自己状态更好,他开始跳舞。他没有专门去看舞蹈教程,而是选择了"自然舞蹈法",打开手机里的音乐,面对镜子,身体就可以自在起舞。

这一次参加猫叔线下闭门会，我们有很多时间都在跳舞，而且是每个人都要上台，跟着音乐舞一曲。

我已经 10 年没有跳舞了，在台上的我却跳得舒展自如，非常绽放。连猫叔都说，真没想到，李菁你看起来文静，竟然还会跳舞。其实，我是被现场的氛围给激发了，看到别人跳得如此绽放，我就在心里给自己鼓劲，我也可以！

猫叔亲自跳舞，给大家做示范，我觉得非常感动。因为音乐响起来的时候，他完全沉浸其中。

从闭门会回来之后，受猫叔的启发，我做了一件事情，报名了高源老师的私教，让她教我跳舞。现在每天下午 4：30～5：30，都是跳舞时间。它既能帮助我锻炼身体、提升体态，又能带给我快乐，真的两全其美。

虽然时间并不算长，但自从天天练习跳舞，现在不仅仅我的老公夸我气色更好了，就连团队的伙伴都说："李菁老师，你看起来状态更好了！"这是猫叔以身作则带给我的改变。

猫叔不仅能教商业，还能教我们如何活出更好的人生。

在做人上，教我们谦虚得体，慷慨奉献；在状态上，教我们爱惜身体，来日方长；在商业上，教我们跟对的人建立对的关系，筛选对的人，做有价值的事情；在关系上，教我们构建美好关系，学会表达爱与感谢；在生命上，教我们关照自己，活出自己。

一个在贫困山村成长起来的少年，立下大志，通过自己持续不断地向下扎根，一步步成为受人尊敬的老师。实现美好人生的同时，也影响了更多人成为更好的自己。

他配得上更大的影响力,因为他带给了无数人力量与希望。

最后把猫叔的金句分享给你们:**让自己变得更好,是解决一切问题的关键。**

"供养"自己的梦想

因为需要创作短视频，所以我每天早上会花半个小时刷短视频，这个习惯坚持三年了。

在这三年时间里，我刷到过各种形式、各种内容的短视频，但是越来越发现，每次让我一直保持兴奋的视频内容都是关于旅行的，让我痴迷的那种视频表达方式都是 vlog + 口播方式。

最近我很迷旅行博主"ELLA 三黑"的视频，她行走过 60 个国家，著有畅销书《就这样，我睡了全世界的沙发》。她吸引我的地方是过着旅行办公与旅居办公的生活，不仅仅通过旅行去探寻这个世界，还通过创业让自己财务自由，有更多的底气去过想要的生活。她让我看到了一个人的人生可以有无限的畅想与可能。

她的一些短视频作品里也呈现了她在上海旅居与三亚旅居的故事，而这些刚好也是我下一步的生活规划。

你被什么样的内容深深吸引，就意味着你骨子里对它的偏爱。

我也对自己短视频创作内容的方向更清晰了：生活方式、价值观的分享；短视频创作形式的方向：vlog＋口播。

只有做着自己真心喜欢的事情，才能吸引到更多人。 我突然惊觉，为什么我一直渴望旅居生活、环球旅行办公，就是因为我爱旅行，爱这种每天都会生发新鲜感与好奇心的生活。

很多人以为旅行只是对生活的享乐，其实并非如此，旅行是我们探索这个世界的大门，它会让你遇到很多可能性，也能给这个社会创造价值。这背后需要你有挑战力、有毅力、有审美力以及沟通力。

我对远行的爱是有迹可循的。

初中毕业的那个暑假，我看了作家三毛的全集，一共19本，尤其喜欢那本《撒哈拉的故事》，第一次感受到了身体与灵魂都在路上的奇妙人生，也第一次在心里种下了当作家与远行的梦想。

高考我是艺考生，报考了10所外省学校，拿到了6所学校的录取通知书。当身边的人都想留在省内的时候，我心里想的是一定要去外省，去更大的世界看看，最终我前往四川一所高校读了四年书。

大学毕业后，我没有去找工作，而是继续读研，我想要在新的城市体验新的生活。

研二学校有交换生的名额去台湾的中国文化大学研修半年，那是作家三毛曾经读过的学校呀，全校只有5个名额，我争取到了，在台北生活了半年。

放弃大学教师的工作后，我成了摄影师，曾经给好朋友在新疆、内蒙古拍摄，当时的动力就是可以借由拍摄，去没有去过的远方。

我又想起自己在 2017 年的 9 月，花了 5 分钟看闫凌的微信朋友圈，就确信他是我等了许久的那个人，因为他的朋友圈都是他旅行中跳一字马的照片。是呀，我们有着一样的热爱，同频相吸，才有灵魂的契合。

2016 年我开始自主创业，在经过 7 年的打拼后，终于在 2023 年等来了公司的稳健经营，业务与全职人员都逐渐稳定下来，也找到了业绩持续稳定增长的方法。同时，在经营公司的过程中我始终保持初心，记得我的热爱就是"身体和灵魂都要在路上"。我也逐渐摸索出了适合自己的商业模式，让自己作为品牌创始人，去给更多的人提供舞台，而我也可以有更多的时间行走世界，探寻世界，记录世界。

我是一名内容创业者，安身立命的核心其实并不是赚钱，而是内容的创作，这也是我最为喜欢的发挥价值的方式。我喜欢通过文字、图片、短视频去分享美好的一切，分享正向的价值观，让更多人能通过这些用心创作的内容，找到属于自己独一无二的活法。

事实是，当我用心去做短视频、写书、写文章的同时，我的用户越来越多，我的业务也做得越来越好。我们的用户，其实都是我们的同类。当你呈现自己，绽放自己的时候，你的用户才能被你吸引而来，发自内心的好内容会产生最深的信任。

我在快乐做自己中实现了财务自由。

如果你能坚定地去做自己真心热爱的事，全世界都会供养你的梦想。

我相信梦想的生活都会一步步实现,也会影响更多人去实现自己的理想人生。

热爱能给你无限的力量。去找到你的热爱吧,它才是打开今生财富大门的金钥匙。

做到这五点,你也可以实现文艺与商业的平衡

物质独立才能让你充满底气地活在这个世界

一直以来我都是一个文艺女青年,热爱摄影、写作、旅行以及一切美好的事物,但与此同时我也走入了一个非常大的误区,就是用文艺作为借口,一直活在虚无缥缈的梦里,不愿担起对于挣钱的责任。

在真正被生活打压后,我才深刻地领悟到,只有经济独立才会灵魂挺拔。

2016 年,我开始在线上自主创业,走上知识付费的赛道。

7 年多过去了,我实现了财务、时间、地域的相对自由。在这几年里,我努力学习一切跟商业有关的知识,学习如何打造产品,如何营销,如何转化,如何做流量,如何做内容,如何管理团队。

中途面对过无数困难、挫折,也曾在黑夜里因为创业中遭

遇的背叛痛哭流涕。

虽然生活在小镇，但是我活得像一个女超人，每天都在起早贪黑地工作。赚到钱之后又不断支付高昂学费，向一线城市厉害的创业老师学习。

在我的不懈努力下，如今公司进入了良好的发展期。

原来，只要把自己扔出舒适区，就会看到人生不一样的可能性。

好好爱自己，也是创业的一部分

前面说过，在创业初期，我只管拼命，却忘记了好好善待自己的身体。每天熬夜，长期伏案工作，又因为工作压力大，身心随时都处于紧绷的状态。弦绷得太紧，在断的时候伤害只会越发厉害。

长期积压负面能量，我的身体受到了很大的损耗，这让我开始反思，如果我因为要实现商业上的成就而忽略了身体，一切还有什么意义呢？

当我学会关爱自己的时候，我发现有越来越多的人愿意靠近我。因为他们看到的我是一个追求身体健康与工作平衡的女性创业者，我们终其一生想要成为的，不过是有血有肉真实生活的"人"，而非拼命抓取的"机器"。相比于创业中的"利"，我更在乎拥有松弛感的生命状态。

在创业中好好爱自己，其实这也是创业的一部分。因为你只有照顾好自己，才能走得更稳，点亮更多的人。

个人商业里最佳的商业模式是小组织、高利润

在商业世界里，无数的创业者都在追求大，追求更多的融资。但是作为追求小而美的创业者来说，我们的定位应该是：小组织、高利润。

初创期的我，开发了很多课程，但是因为价格低，利润少，流量小，哪怕花了很多的时间，最后也没有赚多少钱。

后来通过跟着厉害的老师学习，我才明白，只有打造高价值的个人品牌定位，打造高价值的产品，做尖刀产品才能够有更好的口碑，更高的利润。

财富的升级来自认知的升级，当我意识到这一点之后，就马上行动，将定位从"手机摄影美学导师"升级到"女性个人品牌商业顾问"，从帮助用户用手机记录生活转型为帮助用户通过一技之长打造可变现的个人品牌，从之前的十几个课程缩减到了两个尖刀产品"女性个人品牌社群"与"菁凌私董"。结果让我非常惊喜，我们的业绩实现了倍增，年营收突破了7位数。

我们在商业里要懂得克制，产品不是做得越多越好，公司也不是做得越大越好，而是要根据创始人自身的追求与价值观，做一个能够永续经营的品牌。

永续经营的内核，是永葆初心

很多人在创业中获取到一些财富之后，就很容易迷失自我，不断去满足内心更大的欲望，扩大业务，或者寻找投资人

融更多的资金,这导致背离了自己的初心,越来越焦虑。在外人看来活得光鲜亮丽的"富人",其实内心很痛苦,很焦虑,反倒成了内心失去幸福感的"穷人"。

我们在经营商业的时候,要一直记得自己的初心,因为每个人生来都有他独特的使命。我们只有跟随自己的初心,才能走得更安心,更踏实,更像自己。

2021年是我创业过程中非常低谷的一年,因为我们的公司在湘西偏远的小镇,而我们做的又是一线城市的互联网运营工作。我们想要寻找到的全职助理是富有经验的运营人才,本地找不到这样的人才,只有把大城市的人才招到小镇,跟着我们一起共创这份事业。

现实是,我们很难留下全职员工。很多助理来了又走了,这让我陷入深深的焦虑中。

究其原因,一方面是因为我们是初创公司,很多制度还在完善期,作为公司创始人的我,在业务与管理上存在很多不足。另一方面是因为小镇偏僻,员工得放弃原有在城市里的生活圈子,这需要很大的勇气。

有一段时间我甚至和先生商量,是否要去深圳这样的大都市工作和生活,这样我们就能够留下人才一起共绘蓝图。

但是最终还是选择留在了小镇,因为我想起自己7年前之所以离开大城市回到故乡小镇,是因为我特别热爱田园生活,亲近大自然能让我更加安心。如果我因为想要公司更加壮大,拥有更多人才而选择回到大城市,那就会背离初心。

种子要在适合的土壤,才能开出夺目的花,人也一样。当我意识到这一点之后,我就与爱人选择了留在小镇,等同频者来到我们身边。

事实证明这个选择是正确的,如今我们吸引来了 4 位非常优秀的同频伙伴,从大城市千里迢迢来到这里,成为事业伙伴。她们与我们一样喜欢亲近大自然,有一颗热爱美好生活的心,有着与我们一样"慢即是快"的价值观。我们这个小团队在一起完成了一件又一件的里程碑事件。真可谓:"人对了,事就成了"。

当我们成为更好的自己,坚守初心,不断输出正向的价值观,就会吸引同频者。

守住初心,才能守住热爱,才能够让我们在创业的过程中拥有更多幸福感。

经营商业的终极目的是构建美好的关系

商业不是最终目的,我们经营商业的终极目的是构建美好的关系。

首先是与自己的关系,其次是与他人的关系,最后是与这个世界的关系。

面对自己,懂得了自爱与自洽。

我一直记得自己内心对人文、艺术的喜欢与热爱,所以当我的品牌开始有一定的影响力,财富相对自由的时候,我选择远行,用镜头记录下更多的世间美好。

在创业阶段,我依然会为了一朵花的盛开而驻足停留,会为了写出更多好书埋头码字,看到好看的照片我依然会心动,看到触发我创作灵感的好视频，依然不忘记对于文艺的热爱，每天都会用早上与晚上的时间持续阅读。

在商业世界里，既要有探险家的坚韧果敢，也要有生活家的返璞归真。在不断追求效益的同时，依然心怀浪漫主义情怀，成为温柔且有力量的创业女性。

面对他人，懂得包容与给予。

不管是亲密关系，盟友关系，师生关系，我都愿意带着感恩与包容的心去相处。不断地给予爱，我也收获到了更多爱。

面对世界，懂得了慈悲与深爱。

很多人觉得谈商业俗气，但是商业其实是最大的慈善。当你通过商业让自己得到修炼，会对这个世界怀有更多的包容之心、热爱之心以及悲悯之心。

现在的我也开始做公益，家乡发大水，我第一时间捐款助力。此外，尽自己最大的力量推广我的故乡湘西，同时也在为社会贡献自己的一份力量，为此，我被评为泸溪县"劳动模范"，当选为泸溪县政协常委。在我关注自己，关注身边人的同时，我愿意把爱给予更多人，给予这个世界。

我一直记得《了凡四训》这本书里传递的智慧：**一个人想要改命，就需要不断去播撒好的种子。**而我能从一个普通的小镇女孩蜕变成现在有一定影响力的女性，就是因为一直在播撒好的种子。

我近期的梦想是与爱人一起过着候鸟式生活，平时生活在故乡湘西千年古镇，冬天在三亚避寒，夏天在大理避暑，偶尔去一些喜欢的城市学习、旅行、举办活动。

而这些，正在一步步地实现着。

远期的梦想是与爱人一起过环球旅行办公的生活，他说，以后会带着我一起环球旅行，我负责用文字、照片以及视频记录下旅途中的所知所感，他负责规划行程，牵着我的手往前走，一起探索这个世界，传递更多真善美。

我们也会带着更多同频的伙伴一起去美丽的地方游学。

朋友说，我们在一起，就已经能让很多人看到爱情的美好，看到理想生活的样子。

现在的我终于可以拥有生活的选择权，可以选择停留的地方，选择要去的远方，选择要做的事业，选择一起同行的伙伴，而这选择权的背后是我多年的付出。

所有的果实都需要经过时间的浇灌才能够生长出来。

如果你也跟我一样，是一个想要获得物质和精神双丰收的文艺女性，希望你也能够像7年前的我一样，把自己扔出舒适区，直面对于金钱的担当，与商业和解，去挑战自己、突破自己。

如今是个体崛起最好的时代，我们可以通过一技之长，实现更大的商业价值，只要去做，你的人生就有改变的可能性。

追光的人，必定光芒万丈。